W0372408

Anne Amrum

# NORDSEE ÜBEL

Die Küsten-Kommissare

Das ist ein Kriminalroman und somit reine Fiktion. Sämtliche Personen und deren Handlungen sind frei erfunden. Ähnlichkeiten mit tatsächlich lebenden oder toten Personen (inklusive zufälliger Namensgleichheiten) und /oder Ereignissen sind nicht beabsichtigt und wären rein zufällig.

An dieser Stelle versichere ich, die Autorin, für die Darstellung und Erwähnung diverser gastronomischer, kultureller und touristischer Einrichtungen oder für die Verwendung von Markenbezeichnungen in diesem Buch keine Bezahlung oder anderweitige Zuwendung erhalten zu haben.

**Aus dieser Reihe bisher erschienen:**

Teil 1: “Nordsee Mord”
Teil 2: “Nordsee Hass”
Teil 3: “Nordsee Leid”
Teil 4: “Nordsee Gier”
Teil 5: “Nordsee Opfer”
Teil 6: “Nordsee Feuer”
Teil 7: “Nordsee Magd”
Teil 8: “Nordsee Lüge”
Teil 9: “Nordsee Spiel”
Teil 10: “Nordsee Angst”
Teil 11: “Nordsee Kälte”
Teil 12: “Nordsee Übel”



ISBN: 9798362729790

Imprint: Independently published

*Was interessiert mich*
*mein Geschwätz von gestern*

*Konrad Adenauer*

# FREITAG

# 1

Svenja Tades tuscht sich im winzigen Vorraum der Damentoilette des *Klabautermanns* die Wimpern ein zweites Mal. Sie können gar nicht dicht und lang genug sein an einem so wichtigen Abend wie heute.

Ihr Herz pocht schon seit Stunden in einer Frequenz, die ein Kribbeln im Magen verursacht.

Auch die Lippen zieht sie nach. Mit einem samtigen dunklen Rot, das hervorragend zu dem eleganten Kleid passt, das sie für diesen Anlass gewählt hat. Kurz und schwarz, mit neckischem Dekolleté betont es ihre schlanke sportliche Figur, die trotz ihrer bald achtundzwanzig Jahre nichts von ihrer Jugendlichkeit eingebüßt hat. Für den eigentlichen Wow-Effekt sorgen die schwarzen Overknee-Stiefel, die ihrem Erscheinungsbild einen "Vamp-artigen" Look verleihen. Allerdings bloß einen Hauch, denn die blonde Mähne, die sie aufwendig zu Locken gedreht hat, und die freundlichen himmelblauen Augen verraten das harmlose Küstenkind.

Diese Kneipe hat sie absichtlich gewählt. Ins *Klabautermann* geht sie sonst nie, und auch niemand, den sie kennt. Und genau darauf kommt es ihr heute Abend an.

Bei drei Brüdern und vier Schwestern, die alle in Husum und Umgebung wohnen, ist es nicht einfach, ein Lokal zu finden, in dem sie mit Sicherheit ungestört ist. Dieses Bedürfnis hat sie bei der Lokalauswahl geleitet, denn bei der wichtigsten Aussprache ihres Lebens will sie ihren Sex-Appeal voll zur Geltung bringen und sich dabei nicht von Geschwistern, Nichten oder Neffen beobachten lassen. Am allerwenigsten von ihrem Bruder Matjes, der ohne jegliches Taktgefühl zur Welt kam und sich ohne zu zögern mit an den Tisch setzen würde, um dem Mann ihrer Träume eines von seinen gebrauchten Autos anzudrehen.

Das *Klabautermann* liegt ein wenig versteckt, sozusagen in zweiter Reihe, eine Kneipe, der sie normalerweise keine Beachtung schenken würde. Eher einfach gehalten im Interieur, aber durchaus mit Charakter – viel altes dickes Holz, viel Seemannszeug und 'ne Kerze auf jedem Tisch.

Der Schwerpunkt liegt in diesem Lokal eindeutig bei den Getränken, was ihr heute nur recht ist. Etwas zu Essen würde sie ohnehin nicht runterbekommen.

Sie hat einen freien Ecktisch ergattert, und als sie nun von der Toilette zu diesem zurückkehrt, ist der Gastraum genauso leer wie zuvor. Bloß ein Typ in den Zwanzigern, mit Baseballkappe und schulterlangen Locken, hockt beim Wirt am Tresen. Sein Hund, eine graue Dogge mit gutmütigen Augen, sitzt daneben und beobachtet drei Jugendliche, die die Dartscheibe in Beschlag genommen haben.

Sie bedauert, dass sie in der Eile kein romantischeres Lokal ausfindig gemacht hat, spricht sich dann aber wieder Mut zu. Letztlich kommt es auf die innere Einstellung an, und was das betrifft, hat sie 'ne Wagenladung Gefühle an Bord.

Und er offenbar auch. Sonst hätte er nicht angerufen, um sie zu informieren, dass er bereits in seinem Porsche sitzt, mit Kurs auf Husum. Und dass er sich unbändig freut, sie wiederzusehen.

Seit diesem Moment spielen ihre Hormone verrückt und schicken ihre Emotionen auf eine Achterbahnfahrt nach der anderen. Offenbar hat nicht nur sie unter der Trennung gelitten, sondern auch er. Seit jenem unsäglichen Nachmittag im Dezember, an dem sie ihn mit ihrer Anwesenheit überraschen wollte und stattdessen von seinem Seitensprung überrascht wurde, haben sie sich nicht mehr getroffen. Nicht über die Weihnachtsfeiertage, nicht über Silvester und auch nicht in den Wochen danach.

Und dann kam plötzlich dieser Anruf. Kurz nach Dienstschluss, als sie gerade mit zwei vollen Einkaufstüten ihre Wohnung betrat.

Jetzt ist es doch gut, dass sie die Overknee-Stiefel, die sie schon im November bei einem Erotikversandhandel bestellt hatte, nicht zurückgeschickt hat.

»Was möchste trinken?«

Der Wirt steht plötzlich vor ihr. Unrasiert, an die fünfzig und mit freundlichen dunklen Augen.

»Äh . . . ich bin verabredet . . . ich meine, ich warte . . .«

»Kein Problem.« Er zwinkert ihr gutmütig zu. »Vielleicht 'n kleiner Piratenschluck zur Beruhigung?«

»Nee, danke . . .«

Bloß nicht, denkt sie, obwohl sie diesen Kräuterlikör

wirklich gern mag und am liebsten gleich drei davon bestellt hätte. Aber wie sieht denn das aus, wenn Ralf kommt und die leeren Gläser sieht . . . und dann noch ihr Atem!

Der Zufall kommt ihr zu Hilfe, da in diesem Moment die Tür aufgeht und der Mann ihrer Begierde den Raum betritt.

Während sich ihr Herz vor Aufregung überschlägt, gibt sie sich alle Mühe, ihm gelassen zuzuwinken. Er kommt auf sie zu, mit einem Lächeln, das die Schmetterlinge in ihrem Bauch sofort zum Flattern bringt. Mit einem Mal existiert nichts mehr außer diesen eisblauen Augen, in denen sie sich verlieren kann, und diesen Lippen, die sie mit einer Selbstverständlichkeit küssen, als ob nie etwas gewesen wäre.

Er bestellt Rotwein für sie beide und einen Möwenschiss, weil er den Namen des Likörs so witzig findet. Währenddessen hält er ihre Hand auf eine Art, als ob er sie nie wieder loslassen wollte. Überhaupt verhält er sich so, als wäre alles in bester Ordnung zwischen ihnen.

Erst nach dem zweiten Glas fasst sie den Mut, das heikle Thema anzusprechen.

»Du hast dich also für mich entschieden?«

»Wie entschieden?«

»Du sagtest am Telefon, du bist auf dem Weg zu mir, und du müsstest mich unbedingt sehen . . .«

»Auf dem Weg nach Husum, ich sagte, auf dem Weg nach Husum, ich musste von ‘nem Klienten etwas abholen, und weil wir beide uns schon so lange nicht gesehen haben, dachte ich, es wäre nett, wenn ich mich persönlich verabschieden würde.«

»Persönlich . . . verabschieden?«

Diese Worte wollen in Svenjas Kopf keinen Platz finden, ganz so, als ob sie dort nicht hingehören würden.

»Was meinst du mit verabschieden?«

»Ich gehe für drei Monate nach New York. Vielleicht auch länger. Ich freu mich richtig darauf, mein berufliches Spektrum zu erweitern.«

Sein strahlendes Lächeln tut ihr in der Seele weh.

»New York . . .«, wiederholt sie fassungslos.

»Ist das nicht herrlich?« Er hebt sein Glas und prostet ihr zu. »Aber nun zu uns. Ich hab 'ne Flasche Champagner im Auto, also eigentlich zwei. Lass uns die in deiner Wohnung genießen!«

Er beugt sich zu ihr und seine Lippen berühren in sinnlichem Verlangen ihr Ohrläppchen, doch sein Atem, der ihre Haut liebkost, nimmt sie nicht wie sonst gefangen, sondern bringt ihren Magen zum Rebellieren.

Svenja springt hoch und stürzt auf die Toilette, die sie gerade noch rechtzeitig erreicht.

# 2

Sie sitzt nun allein an diesem Ecktisch, in dieser verdammten Kneipe, in der außer ihr bloß Männer rumhängen.

Die Kerze hat sie ausgeblasen, die Flamme der Liebe ist erloschen.

Ralf hatte ‘ne gefühlte Ewigkeit an die Toilettentür geklopft, und sie hatte ebenso lange mit *verpiss dich* geantwortet. Gezischt. Geheult. Geschrien.

Jetzt starrt sie mit verquollenen Augen dumpf vor sich hin, den ziehenden Schmerzen in ihrem Brustkorb völlig ausgeliefert.

Der Wirt steht plötzlich wieder vor ihr.

»Vielleicht doch ‘n kleinen Piratenschluck? Zum Trost?«

Sie nickt und schnäuzt sich lautstark in ein Taschentuch.

»Und lassen Sie die Flasche gleich hier.«

* * *

»Ich hätte es wissen müssen. Spätestens, als er den Möwenschiss bestellte, hätte ich es wissen müssen ... ich meine, welcher Mann würde 'n Möwenschiss bestellen, wenn er romantische Absichten hätte? Würden Sie das tun?«, fragt sie den Mann mit der Baseballkappe, der seit 'ner halben Flasche schon an ihrem Tisch sitzt.

»'Nen Möwenschiss zum Date? Nur, wenn sie auch einen nimmt.«

»Eben. Und ich hatte keinen. Aber das ist jetzt ohnehin egal. Ab jetzt ist jeder Möwenschiss willkommen. Romantik ist abgesagt. Erledigt. Begraben.«

»Scheiß auf die Liebe!« Er lässt sein Feuerzeug klicken und zündet sich eine selbstgedrehte Zigarette an.

»Ja – scheiß auf die Liebe!« Sie prostet ihm zu und lacht verächtlich. »Wer braucht sie schon? Ja, okay, der Sex ist besser, aber zahlt sich das aus? Am Ende hat man mit den Scheiß-Gefühlen doch bloß Ärger.«

»Du sagst es!« Er hebt sein Bierglas hoch, wie um seinen Worten Nachdruck zu verleihen. »Die Welt ist 'n Meer aus Kacke, soviel steht fest. Feige, verlogene Bastarde, wo du hinguckst. Ja-Sager und Duckmäuser, Heuchler und Arschlöcher. Das ist der Grund, warum mein Hund mir die beste Gesellschaft ist.«

Nachdem er sein Bier auf ex gekippt hat, krault er die gutmütige graue Dogge, die nun zu seinen Füßen liegt, liebevoll hinter den Ohren.

»Da hast du völlig recht.«

Svenja schenkt vom Kräuterlikör nach und gönnt sich ein weiteres Gläschen.

»Arschlöcher überall. Lauter miese kleine Arschlöcher . . . und Fischköppe. Die ganze verdammte Welt besteht aus Arschlöchern und Fischköppen!«

# 3

»Sie müssen nicht so schreien, ich hör Sie doch!«, blafft Polizeimeister Sören Rijnders ins Telefon, legt das angebissene Brötchen zur Seite, bei dessen Genuss er soeben gestört wurde, und notiert sich den Namen und die Adresse des Anrufers.

»Aber die zerlegen mir hier die Bude! Beeilen Sie sich!«

»Wir kommen ja schon.« Rijnders legt auf, streicht sich über den vorspringenden Bauch und sieht sich nach seiner Kollegin um.

»Elke?«

Als Antwort ertönt das Rauschen der Toilettenspülung.

»Elke, mach mal hinne! Wir haben einen Einsatz!«

»Was is 'n eigentlich los?«, fragt Elke Süder, als sie im Dienstauto neben ihrem Kollegen Platz genommen hat. »So plötzlich, mitten in der Nacht?«

»Angeblich 'ne Kneipenschlägerei«, erwidert Rijnders, der überlegt, ob er für die kurze Fahrt das Blaulicht anmachen soll.

»'Ne Kneipenschlägerei? Hast du Verstärkung angefordert?«

Rijnders verzieht die Mundwinkel. »Ich sagte *angeblich*. Diese Wirte übertreiben doch immer, und wenn wir dann auftauchen, sitzen alle wieder fein zusammen und wollen sich über die Schäden, falls überhaupt welche entstanden sind, lieber privat einigen.«

»Dein Wort in Gottes Ohr.« Elke sieht missmutig aus dem Wagen. »So 'ne Scheiße passiert immer, wenn ich Dienst habe.«

Als ihr Kollege den Wagen vor der Kneipe parkt, macht sie die Sirene an, was dazu führt, dass augenblicklich eine Menge Leute aus dem Lokal stürmen. Alle dunkel gekleidet und vermummt. Etliche davon mit Schlagstöcken bewaffnet. Sie sprinten um die nächste Ecke und sind verschwunden, noch ehe die Polizisten aus dem Wagen gestiegen sind.

Verdattert macht Elke die Sirene wieder aus.

»Mann, Sören, haste das gesehen? Das war wie in so 'nem Film.«

»Äh . . . ja, das war . . . krass . . .« Rijnders steigt aus, legt die Hand an die Waffe und nähert sich ein wenig verstört dem Eingang des *Klabautermanns*. Seine Entscheidung, auf Verstärkung zu verzichten, bereut er bereits zutiefst. Wenn seine Kollegin nicht das Horn angemacht hätte, wären sie von den dunklen Maskengestalten mitsamt ihren Schlagstöcken drinnen empfangen worden. Ob von denen noch weitere im Lokal sind?

»Polizei!«, schreit er ebenso laut wie nervös, als er die Kneipentür aufreißt.

Drinnen ist alles verwüstet. Die meisten Stühle sind umgestürzt, die Lampen, das Mobiliar, das Geschirr und die Gläser zerschlagen. Die wenigen Männer, die ihm nun entgegenstarren, sind mit Messern und Gabeln bewaffnet, einer davon sogar mit einem Stuhl.

»Endlich!«, ruft ein Mann, der mitten im Chaos steht und verzweifelt mit den Armen rudert. »Helfen Sie mir, ich bin Knut Arfsten, der Besitzer des *Klabautermanns*.«

# 4

»Sie sind alle verhaftet!«, schreit Rijnders, der mit der Situation völlig überfordert ist. Während seine Kollegin wegen der dringend benötigten Verstärkung telefoniert, legt er dem ersten jugendlichen Dartspieler, der im Schock noch eine Gabel auf ihn gerichtet hält, Handschellen an.

»Hey, was soll das?«, beschwert sich jener sofort und auch seine Freunde lassen ihrer Empörung freien Lauf.

»Mach ihn wieder los, du Fischkopp, wir sind von der guten Seite. Schnappt euch lieber die verdammten Bastarde, die die Bude hier überfallen haben.«

»Welche Bastarde?«, fragt Rijnders, obwohl er bereits einen Verdacht hat.

»So Typen in Schwarz mit Strumpfmasken, die kamen rein, um hier alles aufzumischen. Wir haben uns bloß gewehrt.«

»Ach ja, das seh ich aber anders. Ist ‘ne bedrohliche Stimmung hier.« Rijnders legt demonstrativ seine Hand an die Dienstwaffe.

Der Wirt rappelt sich hoch.

»Nee, keine Sorge. Von denen, die noch hier sind, ist

keiner gefährlich. Die Radaubrüder mit den Masken sind eben zur Tür raus.«

»Ach?« Rijnders verzieht das Gesicht zu einer Grimasse, entschließt sich aber dann doch, dem Wirt zu glauben. Schließlich war er es, der die Polizei gerufen hat.

»Was war hier eigentlich los?«, fragt Elke Süder, nachdem die Zentrale ihr versichert hat, dass die Verstärkung bereits unterwegs ist.

Wie aufs Kommando reden nun alle gleichzeitig los, mit dem Ergebnis, dass keiner zu verstehen ist.

»Klappe halten!«, brüllt Rijnders. »Hier spricht jetzt bloß der Wirt.«

»Das sagte ich doch schon am Telefon. Diese Typen sind aus heiterem Himmel aufgetaucht und haben Stunk gemacht. Aber so richtig. Pöbelten rum und demolierten mit ihren Schlagstöcken die ganze Einrichtung. Sehen Sie das?« Arfsten deutet auf einen Haufen Glasscherben. »Das war ein Aquarium. Mein Aquarium. Mit meinen Fischen drin. Das waren teure Zierfische.«

Elke geht in die Knie, um besser sehen zu können und zieht einen zappelnden gelben Fisch unter einem umgestürzten Stuhl hervor. »Haben Sie vielleicht ‘n Gefäß für das Tier?«

Arfsten beeilt sich hinter den Tresen, füllt Wasser in ein Glas und streckt es ihr hin. Sie lässt den Fisch hineingleiten, der sich daraufhin mangels Schwimmmöglichkeiten im Kreis dreht.

»Vielleicht können wir noch weitere retten?«, meint Elke und bückt sich neuerlich.

Zwei der Jugendlichen helfen ihr spontan, der dritte, dem die Handschellen angelegt wurden, beginnt lautstark zu maulen.

»Machen Sie mir den Scheiß wieder ab, ich hab doch nichts getan.«

Rijnders wäre inzwischen dazu bereit, bloß findet er nun den Schlüssel nicht. Weil er das aber unter gar keinen Umständen zugeben kann, herrscht er seine Kollegin an.

»Mann, Elke, wir sind doch nicht hier, um Fische einzusammeln. Wir müssen ermitteln, was vorgefallen ist. Ich werde den Wirt jetzt im Nebenraum vernehmen und du machst dem Kerl hier die Handschellen ab.«

»Wieso denn Nebenraum?«, will Arfsten wissen, der ebenfalls daran interessiert ist, möglichst viele seiner kleinen Flossenfreunde zu retten. Optimistisch, wie er nun mal ist, hat er bereits vier weitere Gläser mit Wasser befüllt. »Ich sagte doch schon, die kamen rein und machten Stunk.«

»Wer waren die?«

»Keine Ahnung, die kamen alle gleichzeitig und hatten Masken auf. Vermutlich aus Damenstrumpfhosen – mit Lochschlitzen für die Augen. Die gingen uns mit Schlagstöcken an. Deshalb haben wir uns gewehrt. Einer der Gäste hat einem von denen die Hand mit der Gabel an den Tisch getackert, ich dachte schon, der kommt nicht mehr los.«

Er deutet auf eine Gabel, die senkrecht in dem dicken alten Holz steckt und einen Hautfetzen aufgespießt hat. Dicke Blutstropfen runden das makabre Stillleben ab.

»Dass mir da keiner hingreift«, blafft Rijnders und bläht seinen Bauch gewichtig auf. »Das brauchen wir für die Spurensicherung.«

»Scheiße, wo ist Erck?«, flucht der Wirt plötzlich

und sieht sich suchend um.

»Wer ist Erck?«, hakt Rijnders nach.

»Auch ‘n Gast, ‘n Freund von mir. War mit seiner Dogge hier.«

»Der mit dem Baseballkäppi?«, fragt der Jugendliche, der endlich von den Handschellen befreit wurde und sich die Handgelenke reibt.

»Genau der«, bestätigt Arfsten.

»Der ist sofort zur Hintertür raus, als die reinkamen. Dem war wohl klar, was hier abgehen würde.«

»Verdammt.« Knut Arfsten geht nun in einer Art auf Rijnders zu, die keinen Widerspruch duldet. »Wir müssen ihn suchen.«

»Und wo?«, fragt nun Elke. »Wissen Sie, wohin er geflüchtet sein könnte?«

»Hm . . . vielleicht zum Hafen? Er hat dort ein Boot . . . vom Hinterausgang gelangt man direkt auf ‘ne schmale Gasse, die dort hinführt. Ich gehe da jetzt nachsehen.«

»Halten Sie ihn denn für verdächtig?«, hakt Elke Süder nach.

»Nee, das nicht. Aber ich bin mir sicher, dass die ganze Kacke hier mit ihm zu tun hat.«

# 5

»Ich geh voran«, schreit Polizeimeister Rijnders gegen den eisigen Wind an, als sie auf den Steg gelangen. Dort ist es noch dunkler als in der engen Gasse, in der zumindest ein Straßenlicht brannte. Er knipst seine Taschenlampe an und zieht seine Waffe. Schritt für Schritt nähert er sich der Silhouette, die sich neben einem Segelboot auf dem Boden abzeichnet, als sich plötzlich ein Schatten löst und bedrohlich auf ihn zukommt. Das Knurren, das diese Kreatur von sich gibt, geht ihm unter die Haut.

Ein Hund, groß wie ein Pferd, baut sich in Angriffshaltung vor ihm auf.

Er spürt, wie seine Knie plötzlich weich werden.

»Sitz oder ich schieße!«, brüllt er verzweifelt.

Seine Kollegin schüttelt darüber bloß den Kopf und wendet sich stattdessen an den Wirt.

»Sie kennen doch das Tier. Können Sie es beruhigen?«

»Aber ja, sicher doch. Arthur, alter Junge, ich bin's, der Knut. Komm doch mal her, mein Großer . . . ja, so ist's brav . . . guter Junge.«

Tatsächlich fällt nun alles Bedrohliche von der

Dogge ab und sie beginnt, jämmerlich zu winseln. Erst jetzt sieht Arfsten, dass jemand hinter dem Hund auf dem Steg liegt. Ein Mann, der offenbar schwer verletzt ist.

»Erck bist du das? Erck?«

Er stürzt zu ihm hin und die Dogge lässt ihn gewähren. Doch als Rijnders ihm folgen will, nimmt der Hund wieder seine bedrohliche Haltung ein.

»Gib's auf. Der mag dich nicht«, kommentiert Elke Süder trocken und wählt den Notruf.

»Lebt er denn noch?«, ruft Rijnders dem Wirt zu.

»Weiß ich nicht«, gibt jener verzweifelt zurück. »Er ist bewusstlos und ich bin mir nicht sicher, ob er noch atmet.«

Während seine Kollegin mit dem Rettungsdienst telefoniert, wählt Rijnders Hauptkommissar Thomsens Nummer. Es soll ihm hinterher keiner vorwerfen, dass er nicht vorausschauend gehandelt hätte.

»Herr Hauptkommissar? Rijnders hier . . . ja, tut mir leid wegen der Uhrzeit, aber wir haben hier möglicherweise ‘ne Leiche.«

*Wenn du einen Feind eingekreist hast,*
*lass ihm einen Fluchtweg*

*Sunzi*

# SAMSTAG

# 6

Jasper Hinrichs schlägt die Augen auf und lauscht. Die gleichmäßigen Atemzüge seiner Freundin verraten ihm, dass sie tief und fest schläft. Nun horcht er angestrengt in Richtung der offenen Tür zum Nebenraum, doch auch dort ist es ruhig. Vielleicht zu ruhig. Das ist doch nicht normal, dass ein Baby mit drei Monaten bereits durchschläft. Seit Wochen hört er ständig von allen Seiten, dass er wegen der bald einsetzenden nächtlichen Schreierei kein Auge zukriegen wird. Auch seine Mutti hatte diese Meinung vertreten. Bei jeder Gelegenheit hatte sie ihn ermahnt, quasi auf Vorrat zu schlafen, weil Babys nun mal dafür bekannt sind, die Nacht zum Tag zu machen. Doch nun stellt sich heraus, dass er der Einzige in seiner kleinen Familie ist, der Schlafprobleme hat.

Seit drei Tagen schon. Da hat nämlich Billi beschlossen, seine kleine Prinzessin aus dem gemeinsamen Doppelbett auszuquartieren und in ihr eigenes kleines Bettchen, in ihrem eigenen Zimmer, zu legen. Mit dieser Veränderung kommt er ganz schlecht zurecht. Seit der Geburt schlummerte sie selig zwischen ihnen, und wann immer er aufwachte, konnte er sie spüren, über ihre winzigen Fingerchen streichen und ihre Atemzüge hören. Anschließend konnte er mit der sicheren Gewissheit wieder einschlafen, dass sein Kind noch lebt.

Seit drei Nächten fehlt sie ihm. Während Billi nun endlich wieder durchschlafen kann, weil niemand mehr an sie ranrobbt, wacht er ständig auf und fragt sich, ob die Stille im Zimmer nebenan nicht ein böses Zeichen ist. Und dann findet er keine Ruhe mehr, bevor er aufsteht und nachguckt.

Das Mondlicht, das durchs Fenster fällt, erspart es ihm, die Lampe anzumachen. Die kleine Maus liegt ganz ruhig da. Er beugt sich über sie, bringt sein Ohr ganz nah an ihr Gesichtchen und verharrt in der Erwartung, einen Atemzug zu hören.

Mit einem Mal steht sein Herz still. Sie atmet nicht. Er unterdrückt den Impuls, sie panisch hochzureißen und legt stattdessen ganz sanft seine Hand auf ihren Bauch. Erleichtert spürt er, wie sich die kleine Bauchdecke hebt und senkt. Ganz leicht nur, aber doch. Gute zehnmal muss er das spüren, bis er sich – von seinen schlimmsten Befürchtungen befreit – wieder in sein Bett zurückbegeben kann.

Doch genau in dem Moment, als er sich gähnend auf der Matratze der Länge nach hinstreckt, beginnt sein Handy zu klingeln.

Geistesgegenwärtig schaltet er es stumm, um Billi nicht zu wecken, und schleicht damit hinaus. Draußen vor der Tür hebt er ab.

»Moin Chef«, flüstert er und gähnt ein zweites Mal.

»Kennst du das *Klabautermann*?«, kommt es ohne Begrüßung zurück.

»Ja, äh . . . schon.«

»Wir treffen uns dort. Jetzt. Und nimm Svenja und die Meerkatz mit.«

# 7

Das Ambulanzteam, das auf den Steg eilt, stellt fest, dass der verletzte junge Mann am Boden noch nicht an den Sensenmann verloren ist, und leitet sofortige Rettungsmaßnahmen ein. Hilfreich ist, dass der Wirt den Hund an der kurzen Leine hält und beruhigend auf ihn einspricht.

»Ist ja gut, Arthur, ist ja gut. Dein Herrchen wird schon wieder . . .«

Nachdem der nach wie vor bewusstlose Patient für transportfähig erachtet wird, wird er samt den Schläuchen, an denen er mittlerweile hängt, auf die Krankentrage verfrachtet.

»Oh Mann . . .« Knut Arfsten reibt sich über seine Unterarme. »Eine Kälte hat es hier. Komm Arthur, wir gehen mal wieder rein in die gute Stube.«

Doch der Hund ist nicht zu motivieren, den Steg zu verlassen. Selbst nachdem die Rettungskräfte mit seinem Herrchen auf und davon geeilt sind, sitzt er am Steg und guckt traurig hinterher.

»Mann, Arthur«, stöhnt Arfsten. »Du bist groß wie ein Kalb. Ich kann dich doch nicht tragen.«

* * *

Als Hauptkommissar Thomsen in Begleitung von Sören Rijnders am Tatort eintrifft, redet Knut Arfsten immer noch beschwörend auf die Dogge ein.

»Das ist der Wirt«, erklärt Rijnders diensteifrig, »ihm gehört das *Klabautermann.*«

»Moin.« Thomsen reicht ihm die Hand. »Ein niedliches Schoßhündchen haben Sie da. Verschreckt Ihnen das nicht die Gäste?«

»Nee, das ist nicht meiner. Er gehört Erck, also dem jungen Mann, den die Rettung gerade mitgenommen hat.«

»Ist ja kaum zu glauben«, brummt Thomsen. »So 'n Koloss von einem Hund und konnte sein Herrchen nicht beschützen?«

»Der Arthur ist kein Kämpfer. Er ist der gutmütigste Hund, den ich kenne«, erklärt Arfsten traurig.

»Haben Sie gesehen, was sich hier abgespielt hat?«, will Thomsen wissen.

»Nein. Ich war in meiner Kneipe, als der Wahnsinn losging. Ich kann mir bloß zusammenreimen, dass die Vermummten Erck bis hierher zu seinem Boot verfolgten.«

»Aha«, meint Thomsen, und man sieht ihm an, dass er bloß Bahnhof versteht. »Sie müssen mir nun alles von Anfang an erzählen, aber dazu gehen wir in Ihr Lokal zurück. Rijnders, Sie bleiben hier und sichern den Tatort, bis die Spurensicherung kommt. Mit ein bisschen Glück hat sich das Opfer gewehrt und wir finden auch Blut vom Täter.«

Im *Klabautermann* bahnt sich Thomsen durch die Scherben einen Weg zum Tresen, wo mehrere junge Männer zusammenstehen. Gleichzeitig lässt er seine Blicke durch den Gastraum schweifen. Zerbrochenes Glas und Geschirr, wohin er schaut. Als ob hier 'ne Bombe eingeschlagen hätte.

Als einer der Männer sich zu ihm umdreht, bleibt er verblüfft stehen.

»Peet! Was zur Hölle . . .?«

»Moin Papa.«

»Was machst du hier?«

»Eigentlich wollt ich bloß mit 'nem Freund 'n Bierchen kippen.«

»Bist du verletzt?« Thomsen starrt besorgt auf den Unterarm seines Sohnes, wo sich deutliche Blutspuren auf dem Hemdsärmel abzeichnen.

»Nee, nur ein kleiner Schnitt von einem Splitter.«

Elke Süder nähert sich von der Seite.

»Ihr Sohn hat einen der Täter festgenagelt«, erklärt sie dem Hauptkommissar, und in ihrer Stimme schwingt ehrliche Bewunderung mit.

»Mehr festgegabelt«, verbessert Peet grinsend.

»Auf jeden Fall hat er Blut da gelassen.« Triumphierend präsentiert die Polizistin die blutige Gabel, die nach wie vor im Tisch steckt, ganz so, als ob es ihr Verdienst wäre.

»Oh Mann . . .« Thomsen kratzt sich am Hinterkopf und blickt sehnsüchtig zu den hochgeistigen Flaschen an der Bar hinüber. Dieses leidige Alkoholverbot im Dienst hat ihn schon immer gestört.

Der Wirt scheint seine Gedanken zu lesen.

»'Nen Kurzen?«

In diesem Moment öffnet sich die Eingangstür und die Meerkatz schiebt sich herein. Die widerspenstigen, rötlich-braunen Locken stehen heute wie Flammen von ihrem Kopf ab. Sie entdeckt ihn sofort und winkt zur Begrüßung.

Thomsen verzieht das Gesicht und lehnt das Angebot bedauernd ab.

»Nee, besser nicht.«

Hinter seiner Oberkommissarin taucht nun auch Kommissar Jasper Hinrichs auf, der ein wenig unsicher durch die Scherben stakst.

»Da seid ihr ja endlich«, brummt Thomsen. »Habt ihr Svenja nicht dabei?«

»Sie geht nicht an ihr Handy«, erwidert Jasper. »Und zu Hause ist sie auch nicht.«

»Hm«, brummt Thomsen. »Nun denn, dann teilen wir uns für die Befragung auf. Ich spreche mit dem Wirt, du, Meerkatz, mit meinem Sohn, und du, Jasper, befragst die restlichen Gäste.«

* * *

»Peet, das ist Oberkommissarin Sophie Meerkatz – Meerkatz, das ist mein Sohn Peet«, übernimmt Thomsen kurz darauf nahezu formvollendet die gegenseitige Vorstellung.

»Wir kennen uns von der Hochzeit«, erwidert Sophie und reicht dem Sohn ihres Chefs die Hand.

»Ja, richtig«, erwidert Peet. »Jetzt fällt es mir auch wieder ein . . .«

»Sehr schön, dass ihr euch aneinander erinnert«, unterbricht Thomsen. »Ihr könnt euch in den Nebenraum zurückziehen.«

»In Ordnung.« Sophie macht eine einladende Geste in Peets Richtung. »Kommen Sie bitte mit.«

»Ich bin sicher, wir duzen uns«, erklärt Peet und geht bereitwillig voran.

»Meinetwegen.« Sophie folgt ihm lächelnd, doch plötzlich spürt sie Thomsens Hand an ihrer Schulter und bleibt stehen.

»Was auch immer er aussagt – du sorgst dafür, dass es nicht mit einer Anklage endet«, raunt er ihr ins Ohr.

»Äh . . .«

»Kein Tonband.«

»Äh . . . aber wieso denn?«

»Wirst du schon rauskriegen«, knurrt Thomsen und wendet sich wieder dem Wirt zu. »Wir beide machen es uns für die weitere Befragung an der Bar gemütlich.«

# 8

Sophie mustert den jungen Mann, der ihr gegenübersitzt, eingehend. Sie hat den Sohn ihres Chefs bei dessen Hochzeit nicht wirklich kennengelernt. Er war hauptsächlich mit seiner Partnerin und seiner kleinen Tochter beschäftigt gewesen. An die entzückende Kleine kann sie sich noch gut erinnern.

»Wie geht‘s Merle?«

»Danke, gut so weit. Mittlerweile plappert sie den ganzen Tag. Mir war nicht klar, dass Zweijährige schon so viel reden.«

»Tja.« Sophie lächelt und denkt an ihre Nichte, die mittlerweile bereits in der Pubertät ist. »Wart bloß ab, wie das Mundwerk läuft, wenn sie mal vier ist. Das ist ein Alter, da denkt man, sie haben Sprechperlen verschluckt.«

»Danke für die Warnung.« Peets Lächeln ist herzlich und unverblümt.

Sophie stellt überrascht fest, dass er von gänzlich anderer Wesensart ist als sein Vater, auch wenn die Abstammung rein äußerlich nicht zu leugnen ist. Vor allem das markante Kinn und die dunklen Augen sind Gemeinsamkeiten, die nicht zu übersehen sind.

»Erzähl mir bitte, was hier vorgefallen ist, und zwar von Anfang an«, leitet sie nun zur polizeilichen Befragung über.

»Okay.« Er streicht sich über seinen Kinnbart, eine Geste, die bei ihm etwas spitzbübisch wirkt. »Ich hatte mich mit Martin, einem Freund, um zehn Uhr im *Klabautermann* verabredet.«

»Warum gerade dort, und warum so spät?«, hakt Sophie nach.

»Ach du meine Güte, das ist ja noch schlimmer, als wenn mich meine Frau aushorcht«, antwortet er amüsiert. »Aber bitte, wenn du denkst, dass es wichtig ist – es war deshalb so spät, weil Martin mittlerweile in Zürich lebt und sein Flugzeug erst um acht in Hamburg landete. Seine Besuche in der Heimat sind selten, wir hatten uns über ein Jahr nicht gesehen, da ist es doch logisch, wenn wir die erstmögliche Gelegenheit ergreifen. Und das *Klabautermann* eignet sich schon deshalb, weil es bis zwei Uhr früh offen hat. Abgesehen davon, gibt's hier immer 'n gutes Pils.«

»Okay, und dann?«

»Wir saßen an einem Tisch gegenüber vom Eingang und unterhielten uns blendend, als plötzlich Vermummte in den Raum stürmten – wie in einem Film. Mit schwarzen Strumpfmasken. Das war total skurril. Sie hatten Schlagstöcke dabei und begannen sofort, uns damit einzuschüchtern. Sie schlugen viel kaputt. Gläser, Teller, Lampen, sogar das Aquarium. Einen dieser Wichser konnte ich kurzfristig am Tisch fixieren.«

»Wie meinst du das?«

»Nun, der Typ ging mit seinem Schlagstock auf meinen Freund los, also genauer gesagt, er wollte. Mit einer Hand stütze er sich auf unserem Tisch ab, mit der anderen holte er zum Schlag aus. Da hab ich ihm die Gabel mit voller Wucht in die Hand gerammt. Ein Zinken stach durch die Haut zwischen Zeige- und Mittelfinger, da hat er aber geguckt. Vor Schreck hat er den Schlagstock fallen lassen und bloß noch geschrien wie ein Schwein.«

»Wir haben also Blut von einem der Angreifer«, stellt Sophie zufrieden fest. Nun ist ihr auch klar, worauf ihr Chef hinauswollte und notiert „*um meinen Freund vor schwerem körperlichem Schaden zu bewahren, habe ich den Angreifer mit einer Gabel gepikst.*“

»Gern geschehen«, lächelt Peet. »Kann ich jetzt gehen? Meine Freundin hat schon dreimal angerufen.«

»Gleich. Wie gings dann weiter?«

»Gar nicht mehr. Wie gesagt, der Typ brüllte ‘ne Weile wie am Spieß. Erst als die Polizeisirene ertönte und alle aus dem Lokal stürmten, riss er sich los und verpisste sich ebenfalls.«

»Wie viele Angreifer waren es insgesamt?«

»Fünf oder sechs? Ja, ich denke, es waren sechs.«

Sophie notiert sich das.

»Welche Sprache haben sie gesprochen?«, fährt sie mit ihren Fragen fort.

»Deutsch. Sie haben uns beschimpft. Als Abschaum, Ratten, Scheiße und so weiter.«

»Hatten sie einen Akzent?«

»Wäre mir nicht aufgefallen.«

»Wurde jemand verletzt? Außer diesem Angreifer?«

»Nee, ich denke nicht.« Peet kratzt sich hinter dem Ohr, während er nachdenkt. »Also zumindest nicht ernsthaft. Ein paar von uns haben sich an den Glassplittern geschnitten, aber nichts Gröberes.«

»Wie viele Personen waren im Lokal?«

»Nicht viele. Als wir kamen, waren bloß drei Jungs hier, die hatten den Dartautomaten belegt. Und der Wirt natürlich. Später kam noch so ‘n Typ mit ‘ner Dogge und setzte sich an die Bar. Der flüchtete als Erster, als das hier drinnen losging. Das ist mir deshalb aufgefallen, weil er genau an mir vorbeilief. Offenbar ist ihm einer der Kerle hinterher, oder mehrere. Wie man so hört, hängt sein Leben am seidenen Faden.«

»Stimmt«, erwidert Sophie. »Wir wissen auch noch nicht mehr. Wie lange hat denn der Überfall gedauert?«

»Puh . . . das kann ich beim besten Willen nicht sagen. Vielleicht zehn Minuten? Oder fünfzehn? Irgendwann heulte die Polizeisirene los und in der Sekunde verschwanden diese Arschlöcher wieder. Auch der, der an unserem Tisch festklemmte. Er riss sich los und lief den anderen hinterher.«

»Okay, danke, das reicht mir fürs Erste«, erklärt sie und klappt ihr Notizbuch zu. »Wenn dir noch etwas einfällt . . .«

»Melde ich mich natürlich«, verspricht Peet und lässt zum Abschied noch einmal sein charmantes Lächeln aufblitzen.

# 9

»Mann, das ist doch unpackbar, oder? In dreißig Jahren hab ich das noch nicht erlebt. Kommen diese Scheißkerle einfach in mein Lokal und schlagen alles kurz und klein!«

Knut Arfsten angelt eine der wenigen heil gebliebenen Flaschen aus den Scherben und gießt sich ein Gläschen ein. Von der Farbe her tippt Thomsen auf einen Magenbitter.

»Auch einen?«

»Mhm, ein kleiner Schluck schadet wohl nicht.«

Der Hauptkommissar lässt den guten Tropfen die Kehle runterrinnen. »Ahh . . . der ist aber lecker.«

»Oh ja.«

Der Wirt gießt noch einen ein und Thomsen erinnert sich an die Frage, die ihn am meisten interessiert.

»Was denken Sie? Was haben die hier gewollt? Ich frage mich, warum Ihr Lokal?«

»Tja, da hab ich schon 'nen Verdacht. Ich hab's Ihrem Kollegen schon gesagt, das hat alles mit Erck zu tun. Und wie's aussieht, haben sie ihn diesmal erwischt. Wissen Sie schon, ob er durchkommt?«

»Nee, wir haben leider noch keine Info vom Krankenhaus. Was meinen Sie mit *diesmal haben sie ihn erwischt*?«

Knut Arfsten seufzt nun tief, bevor er sich zu einer Erklärung durchringen kann.

»Erck Schwarting ist ShEG. Ein Promi – Deutschrapper, der mit seiner Musik in den letzten Jahren ganz groß rausgekommen ist. Mit fünfundzwanzig hatte der alles erreicht, was man sich so vorstellen kann – er füllte ganze Stadien, gewann Preise, verdiente Millionen. Aber dann ist etwas passiert, seine Texte wurden mehr und mehr angefeindet. Und nicht nur die Songtexte – er als Person wurde zum Feindbild. Für Hassgruppen, im Internet.«

»Wie . . . Hassgruppen im Internet? Das hier war alles andere als ein virtueller Kampf«, erwidert Thomsen irritiert.

»Das ist wahr. Ich hätte nicht gedacht, dass es tatsächlich hier zu einem solchen Überfall kommt. Im *Klabautermann*. Diese Hassgruppen, die schaukeln sich gegenseitig hoch. Tauschen sich aus. Wer wann und wo das Hassobjekt gesehen hat und auch darüber, wie übel man ihm mitgespielt hat.«

»Ich kapier‘s immer noch nicht.« Thomsen kippt den zweiten Magenbitter. »Ist das nun real oder im Netz?«

»Beides. Erck hat die ärgsten Dinge mitgemacht. Sein Chauffeur wurde so lange mit Hundescheiße beworfen, bis er gekündigt hat, seine Live-Auftritte wurden sabotiert, die Veranstalter unter Druck gesetzt. Wo immer er auftrat, wurde alles verschmutzt und verwüstet. Innerhalb weniger Monate wollte ihn niemand mehr buchen. Diese Verbrecher machten vor nichts halt. Das ging so weit, dass er seine Villa in Hamburg verkaufen musste. Seither lebt er versteckt in wechselnden Hotelzimmern oder bei alten Freunden wie mir.« Mit einem bedauernden Blick streicht Arfsten der Dogge über den Kopf.

»Wie kommt es, dass Sie befreundet sind? Er könnte leicht ihr Sohn sein«, hakt Thomsen interessiert nach.

»Ja, genau deshalb sind wir befreundet. Ich hatte einen Sohn. Bente. Er und Erck waren Freunde. Bente hatte es nicht leicht. Er litt an Leukämie und war häufig im Krankenhaus. Die Haare fielen ihm aus wegen der Chemo, na ja, Sie wissen schon, und es gab Kinder in der Schule, die ihn deshalb verspotteten. Aber Erck hat immer zu ihm gestanden, hat sogar seinen eigenen Kopf kahl geschoren, aus Solidarität. Er war sein bester Freund, und als mein Sohn mit neunzehn starb, hat uns die Trauer irgendwie zusammengeschweißt. Zwischen uns lebt Bente weiter, und deshalb würde ich alles für ihn tun. Egal, wie sehr er angefeindet wird, bei mir hat er immer einen Unterschlupf. Ich hab oben – über dem Lokal – 'ne Einliegerwohnung, die er nutzen kann, wann immer er möchte.«

Als die Tür zur Gaststätte geöffnet wird und Elke Süder eintritt, springt der Hund plötzlich auf. Mit lautem Gebell stürzt er auf die Polizistin zu, die erschrocken stehen bleibt.

»Arthur, was soll das?«, ruft der Wirt verdutzt und eilt hinterher. Doch die Dogge schnappt nach Elkes Hand und kommt kurz darauf mit etwas zurück, das wie eine Baseballkappe aussieht – eine Baseballkappe mit dunklen Locken dran, die nun aus dem Maul des Hundes hängt.

»Was ist das?«, fragt Thomsen verblüfft.

»Ach nee, das ist Ercks Kappe«, erklärt der Wirt und seine Stimme bricht beinahe vor Kummer. »Die setzte er immer auf, wenn er nicht erkannt werden wollte. Also ständig, in letzter Zeit . . .«

Arfsten nimmt dem Hund die Kappe aus dem Maul und tätschelt ihm den Kopf.

»Ich hoffe so sehr, dass er wieder gesund wird.«

Thomsen winkt die uniformierte Kollegin heran, die ein wenig blass an der Tür stehen geblieben ist.

»Frau Süder, tüten Sie das mal ein, bitte. Vielleicht können die Kollegen von der KTU damit etwas anfangen.«

»Mensch, Arthur, was ist denn mit deiner Schnauze passiert?«, fragt der Wirt plötzlich besorgt. »Die ist ja richtig blutig. Armer Junge, haste was aufs Maul gekriegt?«

»Sieht aus, als ob er seinem Herrchen helfen wollte und dabei selbst was abbekommen hat«, meint Thomsen. »Und jetzt mal im Detail zum heutigen Abend. Wie ging das los?«

»Von jetzt auf gleich. Die kamen rein und machten Stunk vom Feinsten. Schrien rum und schlugen auf alles ein.«

»Auf Personen auch?«

»Zuerst nicht. Erst als wir versuchten, sie zu stoppen. Mich hat einer hier am Arm getroffen.« Arfsten krempelt seinen Hemdsärmel hoch und präsentiert einen ausgeprägten blauen Fleck auf dem Unterarm.

»Und Erck? Oder ShEG? Wie war das mit ihm? Haben die ihn erkannt und sich auf ihn gestürzt?«

»Nee, als die reinkamen, sind er und Arthur sofort zur Hintertür raus. Vielleicht wollte er auf diese Art meine Kneipe schützen – vielleicht dachte er, dass er sie nach draußen locken konnte, damit sie nicht hier herinnen alles zerschlagen.«

»Tja, wenn das seine Strategie war, ist die nicht aufgegangen. Ganz im Gegenteil, sie hat ein böses Ende genommen«, meint Thomsen und erhebt sich, um die Kollegen vom Spurensicherungsdienst zu begrüßen, die soeben eingetroffen sind.

# 10

Auch Sophie und Peet finden sich wieder im Gastraum ein.

»Ich geh jetzt nach Hause, Papa.«

Thomsen wirft seiner Oberkommissarin einen schnellen Blick zu, bevor er seinen Sohn zum Abschied umarmt. »Und gib meiner Enkeltochter einen Kuss von mir.«

»Mach ich, aber erst morgen. Tschüss.« Peet winkt müde in die Runde und bahnt sich einen Weg durch die Scherben nach draußen.

»Und?«, will Thomsen von Sophie wissen.

»Er hat mit dem Gabelstich einen drohenden Angriff auf seinen Freund abgewehrt. Mit jenem Martin unterhalte ich mich als Nächstes. Aber ich denke, wir können davon ausgehen, dass er Peets Aussage bestätigen wird.«

Jasper kehrt von der Befragung der Jugendlichen allein zurück.

»Die Kids, die am Dartautomaten spielten, habe ich jetzt nach Hause geschickt. Die sind alle völlig verstört, aber bis auf ein paar Kratzer und blaue Flecke unverletzt. Die Aussagen brachten leider nichts Neues.

Einer der jungen Männer, Torsten Beck, sah, wie ShEG mitsamt seiner Dogge durch den Hinterausgang flüchtete, die anderen haben nicht auf das Opfer geachtet. Sie waren total auf die Angreifer fixiert, die sie in Angst und Schrecken versetzt hatten.«

»Verständlich«, meint Sophie. »Aber wir haben außer dem jungen Mann noch einen weiteren Zeugen. Peet hat ebenfalls gesehen, dass Erck Schwarting gleich zu Beginn des Überfalls das Lokal durch den Hinterausgang verließ«, erklärt Sophie.

»Hm«, brummt Thomsen, »das hat der Wirt auch ausgesagt – insofern können wir das definitiv als gesichert betrachten.«

»Ich dachte, ich gehe nach der Befragung von Peets Freund noch hinunter zum Steg«, spricht sie weiter. »Vielleicht hat die SpuSi schon etwas gefunden.«

»Gute Idee.« Thomsen nickt ihr wohlwollend zu. »Nimm die Elke Süder mit. Wo steckt eigentlich Svenja?«

Sophie und Jasper blicken sich an und zucken anschließend die Schultern.

»Wir haben sie immer noch nicht erreicht«, spricht Jasper für sie beide.

»Versucht es weiter. Irgendwann muss sie ja wieder an ihr Handy gehen«, wundert sich Thomsen und wendet sich wieder an den Wirt. »Kollege Hinrichs und ich werden uns nun die Räumlichkeiten, die das Opfer bewohnt hat, ansehen. Das ist doch okay?«

»Ja klar, ich habe einen Zweitschlüssel hier.«

Arfsten begibt sich hinter die Bar, was aufgrund der vielen Scherben für unangenehme Knirschgeräusche sorgt, und zieht eine der Schubladen auf.

»Ist ‘ne kleine Wohnung im Dachgeschoss, nicht

besonders komfortabel, dafür mit 'ner prima Aussicht – einfach hier die Treppe hoch.«

Er deutet auf den Gang hinter der Bar, wo bereits der Treppenansatz erkennbar ist und geht voran. Arthur folgt ihm auf dem Fuß.

Als Knut Arfsten die Tür aufschließt, stürmt zu Thomsens Ärgernis die Dogge als Erste hinein.

»Mann, hätten Sie den Hund nicht unten anleinen können? Nicht, dass der uns hier Beweise zerstört!«, schimpft er.

»Das hätten Sie mir vorher sagen müssen«, rechtfertigt sich der Wirt. »Arthur, Arthur, komm wieder her.«

Doch der Hund steht schwanzwedelnd vor dem Bett und schleckt mit seiner langen Zunge über ein blondes, langhaariges Wesen, das unter einer dicken Decke schlummert.

»Wer ist das?«, will Thomsen wissen.

»Keine Ahnung. Erck hat die Kleine gestern hier hochgebracht, das hatte ich in der Aufregung völlig vergessen.«

»Aha.«

Thomsen tritt ans Bett und sieht zu, wie die junge Frau sich unter den Liebkosungen der Dogge hochrappelt.

Plötzlich treten seine Augen ganz von selbst aus den Höhlen.

»Ich glaub mich tritt ein Pferd. Svenja?«

»Chef?«

Sie blickt verwirrt um sich und rubbelt sich über die Augen, was zur Folge hat, dass die vom Weinen verlaufene Schminke sich über das ganze Gesicht verteilt.

»Ach du meine Güte . . . Svenja, ist alles okay?«, fragt Jasper und eilt besorgt auf sie zu. »Wir hatten uns schon Sorgen gemacht, weil wir dich nicht erreichen konnten.«

»Äh . . . was macht ihr denn hier? Und wo bin ich überhaupt?«

# 11

Frisch geduscht und vom verschmierten Make-up befreit, sitzt Svenja nun in der kleinen Wohnung, in der ShEG sich vor der Welt versteckte, auf einem bequemen Sofa ihrem Chef gegenüber. An ihrem kalkweißen Gesicht kann man leicht erkennen, dass ihr Wohlbefinden zu wünschen übrig lässt.

»Ist dir übel?«, fragt Thomsen.

»Es geht schon.«

Sie presst die Lippen aufeinander, kann aber nicht verhindern, dass ihre Finger zittern. Es ist kein gutes Gefühl, von seinem Vorgesetzten mitten in der Nacht in einer völlig fremden Umgebung geweckt zu werden. Vor allem nicht, wenn man noch gefühlte zwei Promille Alkohol im Blut hat.

Sie ist froh, dass zumindest Arthur an ihrer Seite geblieben ist. Dem Hund, der sich an sie geschmiegt hat, über den Kopf zu streicheln, beruhigt sie ein wenig.

»Was ist denn überhaupt passiert?«

»Nun, eigentlich hoffte ich, das von dir zu erfahren«, erwidert Thomsen in einem – für seine Verhältnisse – sehr empathischen Tonfall.

»Von mir? Ich bin schon froh, dass mir wieder eingefallen ist, wo ich bin. Dank Arthur«, murmelt sie und reibt ihre Wange an dem seidenweichen Fell der Dogge, die ihren Kopf in ihren Schoß gelegt hat.

»Aber du musst doch wissen, wie . . .«, beginnt Thomsen, bricht jedoch wieder ab und kratzt sich verlegen am Hinterkopf. Ob er vielleicht besser die Meerkatz dieses Gespräch hätte führen lassen?

»Wie ich hier in diesem Bett gelandet bin? Mit mehr Promille, als es Zinsen auf der Bank gibt? Willst du das von mir wissen?«

»Ja«, gibt er nun zu und beschließt, ihr reinen Wein einzuschenken. »Ich muss dich das fragen, weil der junge Mann, in dessen Bett wir dich gefunden haben, Opfer eines Verbrechens geworden ist.«

»Nein!« Svenja starrt ihren Chef erschrocken an. »Du musst mir erzählen, was passiert ist! Ich muss es wissen!«

»Okay«, kommt Thomsen ihrer Bitte nach und beginnt, die Ereignisse des Abends zu schildern.

Svenjas Augen weiten sich vor Entsetzen, bis sie sich plötzlich hochstemmt und ins Bad wankt.

Thomsen hört, wie sie sich erbricht.

»Brauchst du Hilfe?«

»Nee, geht wieder.«

Nun hört er die Spülung und kurz darauf, wie Wasser aus dem Hahn fließt.

»Alles gut.« Svenja kehrt auf wackeligen Beinen zurück und nimmt ihren Platz auf dem Sofa wieder ein. Arthur, der darauf gewartet hat, legt sofort wieder seinen Kopf in ihren Schoß.

»Also, ich kapier das alles nicht . . . ich schwöre, ich hab null Ahnung, was hier läuft. Ich war im

*Klabautermann* mit Ralf verabredet, dachte, er wollte sich mit mir versöhnen, war aber Fehlanzeige . . .«

»Welcher Ralf?«, hakt Thomsen nach. Was das Liebesleben seiner jüngsten Mitarbeiterin betrifft, ist er – im Gegensatz zu seiner Frau, die mit Svenja gut befreundet ist – nicht immer auf dem neuesten Stand.

»Der Theissen, du weißt schon, der Rechtsanwalt.«

»Ach der . . .« Thomsens Augenbrauen gehen hoch. »Der ehemalige Schulkamerad und . . . hm, Ex-Lover von der Meerkatz. Aber habt ihr euch nicht vor Weihnachten getrennt?«

»Ja, genau. Deshalb wollten wir uns wieder versöhnen«, schnieft Svenja.

»Aber es hat nicht geklappt?«

»Nee. Er war ein Arsch, ich sagte, er soll gehen, und er ging. Ich blieb sitzen und . . . ja, hab mich mit 'ner netten Flasche Kräuterlikör getröstet. Das war wohl ein Fehler. Erck hat es mitbekommen und . . .«

»Schon klar«, unterbricht Thomsen. »Er hat die Situation ausgenutzt und dich abgeschleppt . . .«

»Nein, so war's nicht. Er hat sich mit Arthur zu mir gesetzt und war einfach total nett. Hat mir zugehört und mit mir über Gott und die Welt geschimpft. Es tat gut, zu trinken und zu fluchen. Als mir übel wurde, hat er mich hier hochgebracht, wo ich mich nach dem Kotzen hinlegen konnte.«

»Habt ihr . . . ich meine, hattet ihr . . . Sex?«

»Nee, nicht dass ich wüsste.« Svenja versucht, das peinliche Thema mit einem Lächeln zu kaschieren. »Entweder war er ein Gentleman, oder ich habe Erinnerungslücken.«

»Hm«, macht Thomsen und mustert sie ein wenig väterlich. »Das Beste wird sein, ich lasse dich heimbringen . . .«

»Nee. Ruf mir ‘n Taxi, bitte. Das Letzte, was ich jetzt will, ist ein Kollege, der mich in diesem Zustand nach Hause chauffiert.«

»Okay.« Thomsen steht auf und zieht sein Handy heraus. »Schlaf dich erst mal gut aus und melde dich wieder, wenn es dir besser geht.«

# 12

Sophie lässt sich von den Kollegen des Spurensicherungsdienstes jene Bereiche auf dem Steg zeigen, an denen es offenbar zu Misshandlungen gekommen ist. Im Lichtstrahl ihrer Taschenlampe betrachtet sie die zwei Stellen, an denen Blut zu Boden getropft ist. Von Elke Süder, die sie begleitet, hat sie erfahren, dass das Opfer zumindest aus der Nase geblutet hat, möglicherweise auch aus anderen Körperöffnungen. Weitere Hinweise oder Spuren, die Aufschluss über den Ablauf der Tat geben könnten, findet sie nicht.

Nicht nur die Kälte, auch der Wind macht ihr zu schaffen. Ständig weht er ihre dichten Locken ins Gesicht. Als sie dabei ist, den Steg wieder zu verlassen, trifft sie auf Sören Rijnders, der ihr – gefolgt vom Wirt des *Klabautermanns*, entgegenkommt.

»Was haben Sie vor?«, fragt Sophie.

Rijnders hält demonstrativ einen Schlüssel hoch.

»Der hier gehört zum Segelboot des Toten, deshalb wollte ich mal nachsehen . . .«

»Des Toten?«, japst Knut Arfsten und fasst sich an die Brust.

»Ja . . . ähem«, räuspert sich Rijnders, »hat Ihnen Kommissar Hinrichs das nicht gesagt? Das Krankenhaus hat vorhin angerufen, der Verletzte hat es nicht geschafft . . .«

Arfsten beginnt nun zu schwanken und Sophie springt gerade noch rechtzeitig hin, um zu verhindern, dass er vom Steg ins Meer stürzt. Doch die Planken sind eisig und Arfsten verliert trotz ihrer Hilfe das Gleichgewicht. Er stürzt mit seinem ganzen Gewicht auf jenes Bein, das verdreht zu liegen gekommen ist. Den Schmerzensschrei, den er daraufhin ausstößt, trägt der Wind vermutlich bis Büsum hinunter.

»Sie Idiot!«, zischt Sophie in Rijnders Richtung. »Rufen Sie sofort die Rettung. Hat Ihnen niemand beigebracht, dass man schlechte Nachrichten nicht auf einem gefrorenen Steg überbringt?«

Sören Rijnders murmelt etwas Unverständliches in seinen Bart, zieht aber wie befohlen sein Handy aus der Tasche, um die Einsatzkräfte zu verständigen.

* * *

Thomsen, der mit Svenja vor dem *Klabautermann* auf das Taxi wartet, wundert sich nicht schlecht, als ein Ambulanzwagen mit Blaulicht vor ihm hält.

Der Fahrer lässt das Seitenfenster runter.

»Haben Sie uns gerufen?«

»Nee.«

»Aber das ist doch das *Klabautermann*, nicht wahr?«

»Sicher.«

»Okay.« Der Mann in der roten Uniform stellt den Motor ab und klettert heraus.

»Was ist hier los?«, fragt Thomsen, als Sören Rijnders mit hochrotem Kopf an ihm vorbeieilt und völlig außer Atem auf die Rettungskräfte zustürzt.

»Beeilen Sie sich, der Mann hat sich am Bein verletzt, und einen Herzinfarkt hat er vielleicht auch.«

# 13

»Puh . . . das war eine lange Nacht«, stöhnt Sophie und starrt ungeduldig auf die Kaffeemaschine, die in der Personalküche gemächlich vor sich hin röchelt.

»Mit sauwenig Schlaf«, bestätigt Jasper. »Ich hatte bloß zwei Stunden.«

»War bei mir nicht anders. Kaum hatte ich mich hingelegt, fing der Wecker zu klingeln an.« Sie fährt sich mit den Fingern durch die widerspenstigen Locken und steckt sie hinter den Ohren fest. »Weißt du eigentlich, wie es dem Wirt geht?«

»Ja, ich hab auf der Fahrt hierher im Krankenhaus angerufen und tatsächlich telefonisch Auskunft erhalten. Er hatte zum Glück keinen Herzinfarkt, bloß 'ne Kreislaufschwäche . . .«

»Prima.«

»Ja, soweit die gute Nachricht«, berichtet Jasper und nimmt eine Milchpackung aus dem Kühlschrank. »Nun zur schlechten: Er hat sich 'ne Kreuzbandzerrung im rechten Knie zugezogen.«

»Uii . . . so 'n Mist. Wer kümmert sich denn jetzt um Arthur?«

»Wer ist Arthur?«

»Die Dogge.« Sophie gießt zwei Tassen mit Kaffee voll.

»Ach so, ja . . . daran hab ich noch gar nicht gedacht. Ich hab null Ahnung, was mit dem armen Hund passiert ist.«

»Ähem . . . mir kommt da so ein Verdacht . . .« Sophies Augen werden groß und rund, als ein riesiger grauer Hundekopf zur Küchentür hereinguckt.

»Ja?« Jasper dreht sich um und verschüttet vor Überraschung beinahe seinen Kaffee. Die große graue Dogge begrüßt ihn schwanzwedelnd.

Svenja kommt mit dunklen Schatten unter den Augen hinterher.

»Moin zusammen.«

»Moin.« Sophie drückt sie zur Begrüßung an sich. »Solltest du nicht ausschlafen?«

»Ja. Kann ich aber nicht. Die ganze Zeit liege ich bloß wach und fühle mich scheiße.« Sie öffnet eine der Küchenschubladen. »Wisst ihr, ob es hier irgendwo Mülltüten gibt?«

»Klar.« Jasper tippt an einer der anderen Laden. »Hier. Wozu brauchst du . . .?«

»Arthur hat Häufchen gemacht, aber leider auf dem Parkplatz.«

»Häufchen?«, wiederholt er belustigt. »Du meinst wohl eher einen Kacke-Berg. Quasi den Mount Everest unter den Hundehaufen.«

Sophie stupst ihn, muss aber dann selbst lachen.

»Jaja, macht euch bloß lustig«, mault Svenja. »Wenn ich mich nicht für ihn eingesetzt hätte, wäre er jetzt im Tierheim.«

»Du hast ihn mit nach Hause genommen?«, fragt Jasper überrascht.

»Ja, und ich habe vor, ihn zu behalten, bis Knut Arfsten wieder fit ist«, stellt sie klar und streckt ihrem Kollegen eine leere Tasse hin. »Ich brauche dringend einen Schluck Kaffee.«

»Ist denn überhaupt niemand hier?«, ertönt plötzlich eine laute, zornige Stimme, die aus dem Großraum zu kommen scheint.

Sophie beeilt sich dorthin.

Dienststellenleiter Petersen steht mit einem vor Ärger knallrotem Gesicht zwischen den Schreibtischen, und es haftet ihm ein unangenehmer Geruch an.

»Wo ist Thomsen?«, blafft er.

»Der Hauptkommissar wird jeden Moment hier sein«, rät Sophie ins Blaue.

»Sagen Sie ihm, er soll sofort zu mir hochkommen. Diese verfluchte Presse sitzt mir im Nacken. Kein normaler Mensch kann sich vorstellen, wie lästig diese Journalisten sind . . . Mann, ich hasse diese Promi-Fälle.«

Sophie kräuselt die Nase vor Ekel. Sie kann und will diesen Geruch nicht länger ignorieren.

»Ähem, wäre es möglich, dass Sie wo reingetreten sind?«

»Wo reingetreten?« Vor Empörung nimmt Petersen seine Brille ab, hält sie wie eine Waffe gegen Sophie, um sie anschließend schief wieder aufzusetzen. »Das ist ja wohl die Untertreibung des Tages! Da war ein Kackhaufen von epischem Ausmaß – ausgerechnet auf meinem Parkplatz! Wenn ich den Hund erwisch, der kann was erleben!«

»Verstehe.« Sophie gibt sich Mühe, ihre zuckenden Mundwinkel unter Kontrolle zu halten. »Ich geb dem Rüden sofort Bescheid, wenn ich ihn sehe.«

»Gut.« Petersen wendet sich zum Gehen, ohne Sophie eines weiteren Blickes zu würdigen.

»Was für ‘n Scheißtag«, murmelt er, während er durch die Glastür entschwindet.

»Meinst du, ich soll mich bei ihm entschuldigen?«, fragt Svenja, die sich erst jetzt – da die Luft wieder rein ist – mit einer Plastiktüte in der Hand in den Großraum traut.

»Nein.« Sophie schüttelt entschieden den Kopf. »Und an deiner Stelle würde ich mich auch diesem Haufen nicht mehr nähern. Wenn der Petersen dich damit in Verbindung bringt, kannst du deine Karriere vergessen.«

Als Thomsen einige Minuten später mit dem Handy am Ohr im Büro auftaucht, hat Svenja die Dogge bereits dazu gebracht, sich hinter ihrem Schreibtisch niederzulassen, sodass von ihr auf den ersten Blick nichts zu sehen ist.

»Hat jemand ‘ne Idee, warum der Petersen so ‘ne Scheißlaune hat?«, fragt er, nachdem er sein Telefonat beendet hat.

»Ach, hat er?«, fragt Sophie unschuldig retour und lehnt sich so an den Schreibtisch ihrer Kollegin, dass sie ihrem Chef möglichst die Sicht verdeckt.

»Kannste glauben . . .« Sein Blick fällt auf Svenja. »Solltest du nicht ausschlafen?«

»Ich bin okay, Chef. Ehrlich.«

»Nüchtern auch?«

»Einigermaßen.« Sie lächelt ein wenig verlegen.

»Na schön«, lenkt er ein und wendet sich wieder seiner Oberkommissarin zu. »Haben wir schon eine

Todesursache?«

»Ja«, antwortet Jasper an ihrer Stelle. »Ich habe mit dem Arzt telefoniert. Das Opfer ist innerlich verblutet. Die Schläge haben die Rippen gebrochen und mehrere Organe verletzt . . . wäre er früher gefunden worden, hätten sie ihn vielleicht noch retten können . . . «

»Tatwaffe?«

»Vermutlich ein Schlagstock – könnte natürlich auch ein Eisenrohr sein, etwas in der Art jedenfalls. Genaueres wissen wir erst nach der Autopsie.«

»Hm«, brummt Thomsen. »Dann nehme ich jetzt meinen morgendlichen Kaffee bei unserem Dienststellenleiter und berichte ihm von der aufregenden Nacht.«

# 14

»So dramatisch dieser Fall auch ist, er hat auch seine witzigen Seiten«, stellt Jasper kichernd fest, nachdem Thomsen das Büro wieder verlassen hat.

»Was war witzig?«, will Svenja wissen.

»Du meinst, abgesehen von der Tatsache, dass wir dich im Bett des Opfers gefunden haben?«, amüsiert sich Sophie.

»Ja, das war bestimmt lustig . . .« Svenja verzieht das Gesicht.

»Nee . . . also das fand ich eher verstörend«, gibt Jasper offen zu. »Mein persönliches Highlight war, als der Rijnders in völliger Panik seine Waffe auf die Dogge richtete und *Sitz oder ich schieße!* schrie.«

»Das ist nicht dein Ernst!« Svenja beginnt nun trotz ihrer schlechten psychischen Verfassung ebenfalls zu kichern.

»Doch, ich schwöre«, bekräftigt Jasper. »Elke hat es mir erzählt. Sie war dabei.«

»Oh Mann«, stöhnt Svenja und verdreht die Augen. »Der Sören ist echt 'ne Nummer.«

»Seht mal, was ich hier habe«, sagt Sophie plötzlich und zieht eine CD aus der Tasche. »Hab ich bei Taako im Regal gefunden.«

Ein junger Typ mit kahl geschorenem Haupt dominiert das Cover, das hauptsächlich in schwarz-weiß gehalten ist. Eine Menge Tattoos zieren seine Haut und sein Blick ist dunkel und intensiv. ShEG steht in knallroten Lettern quer darüber geschrieben und darunter *Shit as Shit Can.*

Svenja nimmt Sophie die CD aus der Hand und beäugt sie neugierig.

»Den kenn ich, mein Bruder Matjes war 'ne Zeit lang ein Fan. Er hat einige Alben von ihm.«

Sophie blickt sie verdutzt an.

»Von woanders kennst du ihn nicht?«

»Nee, das is 'n Rapper, und ich steh nicht auf solche Musik . . . obwohl . . . seine Augen kommen mir irgendwie bekannt vor.«

Svenja dreht nun die CD-Hülle irritiert zwischen ihren Fingern hin und her. »Irgendwo hab ich diese Augen schon mal gesehen.«

»Mann, Svenja!«, platzt Jasper nun heraus. »Dieser ShEG ist unser Mordopfer.«

»Was? Der wurde auch umgebracht?«

»Nee, nicht *auch*. Nur er. Erkennst du ihn wirklich nicht? Du hast die Nacht in seinem Bett verbracht«, setzt Jasper kopfschüttelnd hinzu.

Svenjas Augen weiten sich nun in purem Erstaunen.

»Das ist Erck?«

»Ja«, erklärt Sophie geduldig. »Das ist Erck Schwarting, alias ShEG.«

»Nee, Erck hatte Locken. Dunkle, schulterlange Locken.«

»Ja, aber bloß an der Kappe dran.« Jasper zeigt ihr ein Foto von dem Beweisstück.

»Ach du Schande«, japst Svenja perplex. »Ich bin wirklich die dämlichste Kuh von allen. Da lande ich einmal mit 'ner Berühmtheit im Bett, und dann kann ich mich an nichts erinnern.«

Die Glastür zum Großraum schwingt auf und Thomsen gesellt sich mit angewidertem Gesichtsausdruck zu seinem Team.

»Also, ich kann euch sagen, die Stimmung oben in Petersens Büro ist genauso schlecht wie der Geruch. Unser geschätzter Dienststellenleiter ist sowas von voll in die Scheiße getreten, dass man sich fragt, wozu der seine Brille überhaupt trägt. Abgesehen davon ist er hypernervös, weil er wieder mal die Pressemeute am Hals hat.«

»Woher wissen die das?«, fragt Svenja. »Die Reporter, meine ich. Woher wissen die, dass ShEG tot ist, wenn er doch anonym als Erck unterwegs war?«

»Ich nehme an, aus demselben Grund, warum diese Schläger gestern Abend im Lokal aufgetaucht sind. Irgendjemand hat ihn erkannt und seinen Aufenthaltsort an verschiedene Gruppen im Netz weitergeleitet. Sieh mal hier.« Sophie nimmt einige Computerausdrucke aus ihrer Tasche und legt sie auf Svenjas Schreibtisch.

Arthur erhebt sich und legt interessiert seine Schnauze drauf.

»Heilige Scheiße«, blafft Thomsen. »Was macht der denn hier?«

»Nur bis der Knut Arfsten wieder fit ist, Chef«, erklärt Svenja kleinlaut. »Ich kann doch nicht zulassen, dass er in ein Tierheim kommt.«

Der Hauptkommissar legt den Kopf schief und runzelt die Brauen. »Er hat nicht zufällig etwas mit

Petersens Missgeschick zu tun?«

Svenja schluckt.

»Nee«, springt Sophie für sie ein und wechselt aalglatt das Thema. »Guck dir mal diese Ausdrucke an. Das sind Chats aus Hassgruppen. Sein Tod wird auf bestimmten Social Media Seiten regelrecht gefeiert.«

»Aha.«

Auf Thomsens Stirn bildet sich eine steile Falte, während er die Kommentare liest.

*Die Drecksau ist endlich tot.*

*Ich komme und pisse auf dein Grab, du Schwein.*

*Endlich hast du fertig.*

*Viel Spaß in der Hölle, haha . . .*

»Das ist widerlich«, empört sich Svenja. »Wer schreibt denn so was?«

»*Egghater, qualle#17, fuckyourface, hasssss* . . . diese Kerle verstecken sich alle hinter nichtssagenden Benutzernamen«, erwidert Sophie.

»Kann man die zurückverfolgen?«, will Jasper wissen.

»Das hoffe ich. Die Kollegen von der IT sollen sich sofort damit befassen«, brummt Thomsen.

»Macht euch da lieber keine großen Hoffnungen«, erklärt Sophie. »Solche Leute loggen sich über Server im Ausland ein, damit sie nicht ausgeforscht werden können.«

»Arg«, meint Jasper und starrt die Nachrichten unschlüssig an.

»Das macht mich fassungslos«, sagt Svenja und krault Arthurs Kopf. »Warum sind diese Leute so voller Hass? Der Typ war echt ein netter Kerl.«

»Hm«, macht Thomsen, der auf diese Frage auch keine Antwort weiß. »Auf jeden Fall haben wir jetzt alle

Hände voll zu tun. Bis morgen möchte ich alles über unser Opfer wissen. Und wenn ich *alles* sage, dann meine ich auch alles. Eltern, Geschwister, Frauen und Ex-Frauen, Geliebte beiderlei Geschlechts, berufliche Kontakte wie Manager, Auftraggeber oder Steuerberater bis hin zu Kontakten aus dem Doggenzüchterverein . . . habt ihr mich verstanden?«

Jasper nickt ein wenig geplättet.

»Klar Chef . . .«

»Und vergesst sein Handy nicht. Ich will wissen, mit wem er wie häufig telefoniert hat. Und ganz besonders, mit wem er in den letzten Tagen Kontakt hatte. Denn irgendjemand, der wusste, dass er sich bei Knut Arfsten versteckte, hat ihn an diese Hassgruppen verraten. Und ich will wissen, wer das war.«

# 15

»Schläft Nils schon?«

Sophie schmiegt sich an ihren Lebensgefährten, der Krabben in der Pfanne wendet.

»Schon seit 'ner halben Stunde. Aber er hat dir ein Gute-Nacht-Bild gezeichnet.« Taako deutet auf ein farbiges Blatt Papier, das auf dem Esstisch liegt.

»Was ist das?«, fragt Sophie, für die das Gekritzel nach einem kaputten Stiefel aussieht.

Er legt den Kochlöffel zur Seite und dreht den Zettel um 180 Grad. »Das bist du, wie du Verbrecher erschießt.«

»Ah, jetzt seh ich's auch«, lacht Sophie. »Offenbar ist das noch immer seine Lieblingsfantasie – es tut mir so leid, dass ich den Tag mit ihm verpasst habe. Mittlerweile hasse ich es, wenn Mordfälle am Wochenende aufpoppen.«

»Früher nicht?«, fragt Taako verwundert.

»Nee. Da war ich erleichtert, etwas zu tun zu haben. Nur mit Otello allein wurde es manchmal doch ein wenig langweilig.«

»Lass ihn das bloß nicht hören. Seine Majestät ist schon beleidigt genug.«

»Ach, ist das so?« Sie nimmt ihren großen und dicken schwarz-weißen Kater wie ein Baby hoch und knuddelt ihn liebevoll. »Immer noch eifersüchtig auf Nils?«

»Nö, heute war Badetag.«

»Ach herrje. Deshalb riechst du so gut«, gurrt Sophie und steckt ihre Nase in sein flauschig-weiches Fell.

Taako spießt eine Garnele auf und reicht sie ihr zum Kosten. Doch als sie mit ihren Lippen danach schnappt, zieht er sie wieder weg.

»Ich habe den Verdacht, ich bin beklaut worden – in meinem eigenen Haus.«

»Nein! Was fehlt denn?«, spielt Sophie das Unschuldslamm.

»Eine CD – von einem gewissen ShEG.«

»Ach. Wie kommt's, dass du die gerade heute hören wolltest? Seit ich hier wohne, hast du sie noch kein einziges Mal abgespielt.«

»Mhm . . . mal überlegen«, erwidert Taako. »Vielleicht liegt's an den Nachrichten, die in Dauerschleife über seinen Tod berichten?«

»Okay, okay, ich hab sie genommen«, gibt Sophie nun zu. »Ich wollte im Büro ein wenig angeben.«

»Hast du sie auch angehört?«

»Nee, dafür war noch keine Zeit.«

»Er hat ziemlich brutale Texte. Über Gewalt und Hass und alle möglichen anderen Übel.«

»Ist das nicht normal bei Rappern? Von denen singt doch keiner über die hübschen Blümchen am Waldesrand.«

Taako lacht. »Auch wieder wahr.«

»Bekomm ich jetzt eine Garnele?« Sophie klimpert lieb mit den Wimpern.

»Nur im Austausch gegen eine gute Story«, verhandelt Taako und zwinkert ihr zu.

»Oh ja, die habe ich«, antwortet sie und lacht laut auf. »Svenja hat diesmal wirklich den Vogel abgeschossen.«

*Die Welt wird nicht bedroht von den Menschen,*
*die böse sind, sondern von denen,*
*die das Böse zulassen*

*Albert Einstein*

# SONNTAG

# 16

»Guten Morgen, Bärchen, ich hab uns ein ausgiebiges Frühstück gerichtet«, flötet Maike mit einem strahlenden Lächeln.

»Hmm«, macht Thomsen und nimmt hungrig am Esstisch Platz. »Neuer Fall hin oder her, dafür muss Zeit sein.«

»Genau meine Meinung«, stimmt seine Frau voller Überzeugung zu. »Wie geht's denn Svenja?«

»Solltest du das nicht besser wissen als ich?«, antwortet er mit einer Gegenfrage. »Sie ist schließlich deine Freundin.«

»Sollte ich, ja. Aber ihr Handy ist aus. Seit gestern kann ich sie nicht erreichen. Total ungewöhnlich.«

»Vermutlich braucht sie Ruhe, war wohl alles ein wenig viel für sie. Wusstest du von der Sache mit Theissen?«

»Klar, du nicht?«

»Nun ja, bloß, dass sie was am Laufen hatten und sie es vor Weihnachten wieder beendet hat. Dachte sie wirklich, dass daraus was Ernstes werden würde?«

»Ach Bärchen, sie ist noch jung. Natürlich hat sie sich ein glückliches und erfülltes Leben an seiner Seite erträumt. Die Realität kann manchmal bitter sein.«

»Hm«, er runzelt die Augenbrauen und wirft ihr einen halb belustigten, halb skeptischen Blick zu. »Denkst du auch so über unsere Ehe?«

»Nur wenn du zuviel Bohnen gegessen hast«, macht seine Frau sich lustig. »Davon abgesehen bin ich ein echter Glückspilz. Mit dir hab ich den Jackpot gewonnen.«

»Ach quatsch«, brummt Thomsen, freut sich aber trotzdem über das Kompliment. »Nun hat sie sich auch noch ‘n Hund aufgehalst.«

»Du meinst Svenja?«, hakt Maike nach und bestreicht ein Brötchen mit Butter.

»Ja. Sie hatte ihn gestern im Büro dabei.«

»Aber das ist doch gut. So ‘n Hündchen kann sie über den Liebeskummer hinwegtrösten.«

»Hündchen?« Thomsen lacht so schallend los, dass er sich an seinem Kaffee verschluckt.

»Was war jetzt komisch?«, fragt seine Frau irritiert.

»Das erfährst du, wenn du auf Google *Deutsche Dogge* eingibst.«

* * *

Thomsen freut sich, sein Team bereits versammelt vorzufinden, als er den Großraum betritt.

»Moin zusammen«, hält er die Begrüßung kurz. »Obwohl heute Sonntag ist, kommt einiges an Arbeit auf uns zu. Was wissen wir bereits?«

»Das Opfer heißt mit bürgerlichem Namen Erck Schwarting, ist der Öffentlichkeit jedoch unter dem Pseudonym ShEG bekannt«, beginnt Sophie ihre Zusammenfassung. »Schwarting wurde nur sechsundzwanzig Jahre alt, hat in seinem kurzen Leben jedoch richtig viel erlebt. Er hat es geschafft, mit seiner Musik Millionen Menschen zu erreichen und Millionen Euro zu verdienen. Sein Geld hat er hauptsächlich in Immobilien angelegt, die er zeitweise auch selbst bewohnte. Die Hassattacken gegen ihn – im Netz und auch real – begannen vor ungefähr einem halben Jahr und schaukelten sich immer mehr hoch. So mussten zum Beispiel Konzerte abgesagt werden, weil Veranstalter bedroht wurden. Auch seine Villa in Hamburg hat er erst kürzlich verkauft, weil es immer wieder zu Übergriffen kam. Sein Privatleben war ebenfalls turbulent. Er hat mit zwanzig geheiratet und wurde mit dreiundzwanzig wieder geschieden. Außerdem hat er – laut Instagram – etliche Ex-Freundinnen.«

»Kinder?«, hakt Thomsen nach.

»Nee, sind bis dato keine bekannt.«

»Gibt's 'ne aktuelle Freundin?«

»Wenn man den Social-Media Seiten Glauben schenkt, dann nein«, erklärt Sophie. »Aber darüber kann uns sein Handy mehr verraten. Jasper hat es sich genau angesehen.«

»Ja, Chef«, übernimmt jener nun. »Er hat kaum telefoniert, was die Recherche einfach machte. Wiederkehrende Telefonate gab es bloß mit vier Nummern. Eine davon gehört zu Knut Arfsten, dem Wirt des *Klabautermanns.*«

»Apropos Wirt, ich seh keine Dogge hier . . .«,

unterbricht Thomsen an dieser Stelle und nimmt Svenja ins Visier. »Was hast du mit dem Tier gemacht?«

»Knut wurde aus dem Krankenhaus entlassen und humpelt nun mit einer Orthese rum. Er kann sich wieder recht und schlecht um Arthur kümmern. In der Früh und abends geh ich mit ihm 'ne größere Gassi-Runde.«

»Das ist aber nett von dir«, bemerkt Thomsen und mustert sie eingehend. Sie sieht müde aus. Blass und traurig. Die Schatten unter ihren Augen sind nicht weniger geworden.

»Wenn ich Menschen helfen kann, die echte Probleme haben, fühl ich mich selbst auch besser«, sagt sie lapidar und zuckt mit den Schultern.

»Hm«, brummt Thomsen nachdenklich. Seit er sie kennt, war sie eigentlich immer gut gelaunt. Lustig, ein wenig keck und ambitioniert. So niedergeschlagen gefällt sie ihm überhaupt nicht.

»Die anderen drei Nummern habe ich angerufen«, setzt Jasper seinen Bericht fort. »Eine gehört zu David Ito, seinem Assistenten, den ich leider noch nicht erreicht habe, eine zu Bernadette Walter, nach eigenen Angaben Ex-Freundin und eine zu Umma Karlsen, welche angeblich seine beste Freundin war – allerdings rein platonisch. Die beiden Frauen wussten bereits durch die Social-Media-Kanäle von seinem Tod und sie klangen auch sehr betroffen.«

»Die Ex-Freundin auch?«

»Ja.« Jasper nickt mehrfach mit dem Kopf, wie um seine Aussage zu untermauern. »Sie wirkte sehr traurig auf mich.«

»Was ist mit Eltern oder Geschwistern?«

»Nee, laut bester Freundin war er ein Einzelkind,

und seine Eltern sind bereits verstorben.«

»Nun denn, meine Lieben, dann lasst uns mal rausfinden, was uns die Frauen in seinem Leben zu sagen haben«, bestimmt Thomsen. »Meerkatz, du und Jasper, ihr kümmert euch drum – und vergesst die Ex-Frau nicht. Was Ex-Frauen zu sagen haben, fand ich immer schon spannend.«

Sophie nickt und schluckt die Frage hinunter, ob er das wohl genauso sehen würde, wenn es um sein eigenes Leben gehen würde.

»Und, was ist mit mir?«, will Svenja wissen.

»Du hältst hier die Stellung und rufst David Ito, den Assistenten, so lange an, bis er rangeht. Außerdem sammelst du alle Informationen für mich, denn mir sitzen der Dienststellenleiter und der Kriminaldirektor im Nacken. Vor allem möchte ich alles über diese Hassgruppen im Internet wissen, wie man sie findet und wie sie ticken. Spannend wäre auch zu erfahren, wer sie aufstachelt und ob da vielleicht Geld geflossen ist. Und mach Druck bei der KTU, wir brauchen dringend die Blutauswertung vom Gabelstichopfer.«

# 17

Im Büro des Dienststellenleiters ist die Stimmung angespannt. Petersen, der heute ein blau-kariertes und wie üblich viel zu enges Hemd trägt, putzt seine Brille schon zum dritten Mal.

»Mensch Rüde, diese unsäglichen Reporter rufen ständig bei mir an«, beschwert er sich bei Thomsen. »Und Kriminaldirektor Paulsen drängt auf eine Pressekonferenz.«

»Tja«, äußert sich Thomsen so nichtssagend wie möglich.

»Hörst du das?«, stöhnt Petersen, als sein Telefon zu klingeln beginnt. »Es geht schon wieder los.«

Sichtlich widerwillig greift er zum Hörer.

»Ja? Ja, ich bin's . . . nein, ich höre dich gut . . . ach, du bist im Auto. Ja, verstehe . . . einen Aufruf? Was für einen Aufruf? Ach so . . . aha . . . ja, ich sag's ihm. Er sitzt gerade hier bei mir. Okay, ja, tschüss.«

*Ich will's gar nicht wissen*, denkt Thomsen.

»Kriminaldirektor Paulsen schlägt vor, dass wir die Bevölkerung um Mithilfe ersuchen. Nachdem der Fall ohnehin in allen Medien ist, sollten wir die Pressekonferenz nutzen, um die Menschen aufzurufen, uns

Hinweise auf mögliche Täter zu geben.«

»Mhm«, brummt Thomsen. »Tolle Idee.«

»Ja?« Die Miene des Dienststellenleiters hellt sich auf. »Du bist dafür?«

»Klar. Sag dem Polizeizeichner, er soll ein Bild von sechs Männern in schwarzen Strumpfmasken malen, das leiten wir dann an die Presse weiter – untertitelt mit: *Wer kennt diese Attentäter*?«

»Mensch Rüde, du machst dich bloß lustig«, schimpft Petersen. »Kannst du nicht ein wenig konstruktiver sein?«

»Konstruktiver? Klar. Geht auch. Wie wär's mit einer Frage an die Damenwelt: Kommt Ihnen einer dieser Strümpfe bekannt vor?«

Petersens Gesicht zieren nun die typischen roten Flecken, die immer auftreten, wenn ihn etwas stresst.

»Ach Rüde, du bist heute wieder mal schrecklich unkooperativ.«

»Das könnte ich mir sparen – wenn du die Eier hättest, dem Paulsen zu sagen, dass so ein Aufruf 'ne dämliche Idee ist«, gibt Thomsen zurück und erhebt sich. »Ich darf mich jetzt entschuldigen, ich habe Ermittlungen zu leiten.«

Petersen erhebt sich ebenfalls.

»So leicht kommst du mir nicht davon . . .«, schnaubt er, doch Thomsens Handy beginnt zu klingeln und er geht ran.

»Ja? Ah, Svenja . . . ach . . . sieh einer an. Schick sofort 'ne Streife hin – ja, ich verständige die Meerkatz.«

Petersen mustert ihn ungeduldig, von Neugier nur so getrieben.

Thomsen lächelt und wendet sich zum Gehen.

»Nun sag schon«, drängt der Dienststellenleiter mit verzwicktem Gesicht.

Thomsen bleibt stehen und zählt im Kopf bis zwanzig. Er genießt es, den anderen vor Ungeduld zappeln zu sehen.

»Rüde?« Die Flecken in Petersens Gesicht sind nun leuchtend rot.

»Ach so, ja, das war Svenja. Die Ex-Frau unseres Opfers fühlt sich nun ebenfalls bedroht.«

# 18

»Klara Schwarting, die Ex-Frau unseres Opfers, hat soeben die Polizei um Hilfe gebeten, weil sie Drohungen erhalten hat, die sie extrem verängstigen«, informiert Sophie ihren Kollegen, der die letzte Viertelstunde auf der Toilette zugebracht hatte.

»Echt? Die machen weiter?«, fragt Jasper verwundert. »Obwohl Schwarting ermordet wurde, machen die bei seiner Ex weiter?«

»Scheint so. Irgendetwas liegt hier im Argen. Pack deine Sachen, wir fahren hin.«

Als Sophie in die Seitenstraße einbiegt, in der Klara Schwarting wohnt, bemerkt sie zu ihrer Überraschung, dass sie menschenleer ist – bloß ein Polizeiauto, das vor einem luxuriösen roten Backsteinhaus mit exotischen Pflanzen parkt, ist zu sehen.

»Hier in der realen Welt ist keine Bedrohung zu erkennen. Entweder hat die Ankunft der Kollegen alle Maskenmänner verscheucht, oder die Drohungen waren auf das Internet beschränkt«, stellt sie fest und wirft einen Blick auf die Fenster. »Die Scheiben sind jedenfalls noch heil.«

Jasper steigt aus und geht auf die Besatzung im Polizeiauto zu. »Moin Kollegen. Habt ihr jemanden gesehen?«

Sowohl der Fahrer als auch der Beifahrer verneinen dies.

»Alles klar, wir gehen rein«, erklärt Jasper und eilt Sophie hinterher, die bereits an der Eingangstür läutet.

* * *

»Moin Frau Schwarting, ich bin Oberkommissarin Sophie Meerkatz von der Kripo Husum, und das ist mein Kollege, Kommissar Jasper Hinrichs.«

»Gut, dass Sie hier sind.«

Die Frau mit den schwarzen langen Haaren trägt deutlich mehr Schminke im Gesicht, als man bei einer Fünfundzwanzigjährigen an einem Sonntagmorgen erwarten würde. Auch ihre Kleidung ist extravagant. Ein schwarzer, eng anliegender Ganzkörperanzug mit ausgestellten Beinen, dessen Rückendekolleté bis zum Po reicht. Jaspers Augenbrauen schnellen in die Höhe, als sie ihm ihre Kehrseite zuwendet und auf ein Sofa zusteuert.

»Bekomme ich jetzt Personenschutz?«, ist ihre erste Frage, kaum, dass sie in die weichen Kissen ihres strahlend weißen Sofas gesunken ist.

»Personenschutz?«, wiederholt er ein wenig einfältig, was vermutlich daran liegt, dass er das Bild ihrer nackten Rückseite, das sich auf seiner Netzhaut eingebrannt hat, erst mal verarbeiten muss.

»Warum denken Sie, dass Sie Personenschutz benötigen?«, greift Sophie das Thema auf und nimmt ohne Aufforderung auf dem gegenüberliegenden Sofa Platz.

»Ist das nicht offensichtlich? Ich werde bedroht. Dieselben Scheißkerle, die Erck umgebracht haben, gehen nun auf mich los.«

»In welcher Form?«, hakt Sophie weiter nach.

»In dieser Form.« Klara nimmt nun ihr Handy vom Couchtisch und hält es Sophie unter die Nase. »Da, sehen Sie mal, was mir diese Schweine schreiben.«

*Du Schlampe, du kommst auch noch dran!*

*Dein Haus wird bald brennen, und du mittendrin!*

*Ich freu mich darauf, dir bei lebendigem Leib die Haut abzuziehen.*

»In der Art gibt es Dutzende«, fügt Klara hinzu.

»Seit wann?«, will Sophie wissen.

»Seit gestern. Ich habe auf ShEGs Todesnachricht mit einem traurigen Smiley reagiert. Das war wohl ein Fehler. Nun haben die meinen Namen und auch schon rausgefunden, dass ich mit ihm verheiratet war. Hier, sehen Sie, da spricht es einer konkret an. *Du bist seine Hure, seine Hure mit Trauschein. Bald wirst du bluten.*«

»Sie haben recht, diese Postings sind absolut ekelhaft«, gesteht Sophie zu. »Geben Sie mir Ihr Handy, ich bringe es heute noch in die IT.«

»Ich soll Ihnen mein Handy geben?«

Klara sieht Sophie nun auf eine Weise an, als wäre sie gebeten worden, ein Alien-Taxi zu rufen, um damit zur Nachbargalaxie zu reisen.

»Ja, wenn Sie wollen, dass wir die Verfasser dieser Hasspostings ausfindig machen, führt kein Weg dran vorbei.«

»Aber . . .«, beginnt sie und verstummt dann fassungslos. In sich selbst verloren starrt sie regungslos vor sich hin.

»Nach allem, was vorgefallen ist, würde ich Ihnen empfehlen, Ihren Namen und Ihren Aufenthaltsort zu ändern und von der virtuellen Welt die Finger zu lassen«, gibt Jasper nun eine Empfehlung ab.

»Aber . . . ich bin Influencerin, wovon soll ich denn sonst leben? Und überhaupt, ist es nicht Ihre Pflicht, mich vor solchen . . . Subjekten . . . zu schützen?«

»Wie stellen Sie sich das vor?«, fragt Sophie. »Sollen wir für jeden, der im Internet beschimpft wird, zwei Beamte zur Rund-um-die-Uhr-Bewachung abstellen?«

Klara steht auf, geht eine Runde im Kreis und stemmt die Arme in die Hüften.

»Nun, für jeden natürlich nicht. Aber für mich schon. Mein Ex-Mann ist immerhin von diesen Bestien ermordet worden.« Verstohlen wischt sie sich eine Träne aus dem Augenwinkel.

Sophie ist sich nicht sicher, ob aus Wut, Enttäuschung oder Trauer.

»Hatten Sie nach der Scheidung noch Kontakt?«, bohrt sie deswegen nach.

»Das ist doch die Höhe! Sie tun nichts für mich, aber ich soll Ihre Fragen beantworten?«, echauffiert sich Frau Schwarting und lässt sich wieder auf ihrem Sofa nieder.

»So ist das nun mal«, erklärt Sophie ruhig.

»Mag sein, aber ich spiele da nicht mit. Ich werde kein Wort mehr mit Ihnen sprechen, und ich möchte, dass Sie auf der Stelle mein Haus verlassen.«

»In Ordnung, wir gehen, aber Sie müssen sich

bewusst sein, dass Sie sich dadurch verdächtig machen und wir Sie deshalb zur Befragung mitnehmen und auch festhalten dürfen.« Sophie deutet nun auf das Polizeiauto, das durchs Fenster zu sehen ist. »Die Kollegen bringen Sie gerne aufs Revier. Wir sehen uns dann im Vernehmungsraum.«

Mit einem Lächeln geht sie zur Tür und Jasper folgt ihr ohne weitere Worte.

# 19

Kurz bevor die Ermittler die uniformierten Beamten, die im Auto warten, erreichen, schließt Klara Schwarting zu ihnen auf.

»Habe ich Sie richtig verstanden? Sie haben nur ein paar Fragen über Erck? Wer ihm schaden wollte und so?«

»Richtig.«

»Ja, ähem, also ich möchte ja auch, dass diejenigen gefunden werden, die ihm das angetan haben . . .«, lenkt sie sehr bemüht wieder ein.

»Dann sind Sie also bereit, unsere Fragen zu beantworten?«, hakt Sophie nach, um sicherzugehen, dass sich diese Diskussion im Haus nicht wiederholt.

»Ja, natürlich.« Klara reibt sich fröstelnd über die Unterarme. »Es ist eisig hier draußen, kommen Sie doch wieder herein.«

»Sie hatten also nach der Scheidung noch Kontakt zu ihrem Ex-Mann?«, nimmt Sophie den Faden wieder auf, nachdem sie erneut im stilvoll eingerichteten Wohnzimmer Platz genommen haben.

»Ja, eine Weile. Wir haben verdammt jung geheiratet,

ich war neunzehn und er zwanzig. Weiß gar nicht mehr, was wir uns damals gedacht haben. Nach zwei Jahren kamen wir nicht mehr miteinander klar. Nach einem weiteren ließen wir uns scheiden. Ich hatte mich in Erck verknallt und von ShEG scheiden lassen.«

»Wollen Sie damit sagen, er hatte sich verändert?«, fragt Jasper nach.

Klara Schwarting zieht ihre Oberlider auf halbmast und taxiert ihn mit einem Blick, den er bis in die Eingeweide spürt.

»Schlauberger«, kommentiert sie zynisch. »Logisch hatte er das. Als wir zusammenkamen, jobbte er in einer Bar und machte Musik, wann immer seine Zeit es erlaubte. Er trat in kleinen Buden auf, ich filmte mit und wir stellten die Auftritte online. Irgendwann rief Max Gröbig an, wurde sein Manager und unser Leben veränderte sich grundlegend. Max hat ihn richtig gepusht, ihn groß rausgebracht. Quasi über Nacht wurden wir reich. Aber die Sache hatte auch ihre Kehrseite. Erck wurde zu ShEG. Er arbeitete zwanzig Stunden am Tag, und das ist nicht bloß so dahingesagt. Mehr als vier Stunden Schlaf waren nicht mehr drin. Ohne medikamentöse Unterstützung – Sie würden es vermutlich Drogen nennen – war das nicht zu machen. So etwas verändert einen Menschen. Erst ging unsere Ehe kaputt, dann Erck selbst. Oder ShEG, wie Sie ihn nennen. Er ließ Max hängen, wurde unverlässlich, machte bloß noch, was er wollte . . . zwei Jahre nach der Trennung von mir trennte er sich auch von seinem Manager.«

»Wann war das?«, fragt Sophie.

»Vor einem Jahr.«

»Haben Sie seine Kontaktdaten?«

»Ja, klar.« Sie holt einen Stift und Papier von einem eleganten Sideboard und schreibt *Max Gröbig* sowie eine Telefonnummer auf.

»Sie haben sich nicht im Guten getrennt«, fügt sie hinzu. »Leider.«

»Wie meinen Sie das?«

»Nun, der Max wollte immer das Maximum aus Erck rausholen. Er machte einen tollen Job. Ist doch klar, dass er angepisst war, als Erck plötzlich aus heiterem Himmel 'ne Pause einlegte, 'ne Pause, die kein Ende fand.«

»Wie ist das zu verstehen? Hörte er einfach auf?«, lässt sich Jasper zu einer weiteren Frage hinreißen.

»Nee, das nicht. Aber beinahe. Er sagte die Hälfte der Konzerte ab, das war eine Katastrophe.«

»Woher wissen Sie das?«, fragt Jasper interessiert nach.

»Von Max. Wir hatten immer wieder mal Kontakt. Er war sehr unglücklich darüber.«

»Haben Sie eine Ahnung, warum Ihr Ex-Mann das gemacht hat?«, will Sophie wissen.

Klara spielt eine Weile mit ihrer zierlichen goldenen Uhr, bevor sie antwortet. »Vielleicht hat ihm die Scheidung mehr zugesetzt, als er zugeben wollte. Er war nun allein und er war ShEG. Rund um die Uhr, vierundzwanzig Stunden am Tag, sieben Tage die Woche. Und da war niemand mehr, der Erck kannte . . .«

»Hat er sich deshalb einen Hund zugelegt?«, fragt Sophie.

»Möglich. Er hatte immer schon ein Faible für Doggen.«

»Vielleicht dachte er auch, der Hund würde ihn

beschützen?«, wirft Jasper ein.

Der spöttische Blick, den er dafür erntet, lässt ihn sofort erröten.

»Arthur? Der ist das friedlichste Wesen auf Gottes Erdboden . . .«

»Sie kennen Arthur?«

»Ja, flüchtig. Das letzte Mal, als wir uns gesehen haben – vor einem Jahr – da war Arthur quasi noch ein Welpe. Er ging mir bis zur Hüfte, war aber tapsig wie 'n Kätzchen . . .«

Sie sieht nun mit traurigen Augen durchs Fenster in den Garten. Dann schüttelt sie sich, strafft die Schultern und blickt Jasper mit einem aufreizenden Blick an.

»Was ist nun mit meinem Polizeischutz?«

»Äh . . . ich . . . hm . . . werde es meinem Chef vorschlagen«, bringt er stotternd heraus.

Sophie beobachtet die beiden amüsiert und wendet sich anschließend wieder an ihre Zeugin.

»War Ihnen der Hass, der Ihrem Ex-Mann im Internet entgegenschlug, bekannt?«

»Ja, das begann ungefähr vor einem halben Jahr. Erst waren es nur einzelne Postings, aber nach und nach entstand da 'ne richtige Community. Ich hab das aber nur virtuell verfolgt, weil wir zu dieser Zeit keinen persönlichen Kontakt mehr hatten. Dass ich nun selbst in die Schusslinie dieser Verbrecher geraten bin, macht mir richtig Angst.«

»Es wäre gut, wenn Sie sich selbst aus dieser Schusslinie wieder herausbringen würden«, empfiehlt Sophie. »Vielleicht können Sie für ein paar Tage zu Verwandten oder Freunden ziehen, oder eine kleine Reise unternehmen – und wir lassen in der

Zwischenzeit Ihr Handy auswerten.«

»Echt jetzt? Das ist ihr Vorschlag?« Klaras Stimme klingt nun wieder schnippisch. »Ich als Unschuldige, als Trauernde, soll mein Zuhause verlassen, und mein Handy der Polizei übergeben . . . ernsthaft? Ausgerechnet mein Handy, das mein einziges Kommunikationsmittel zur Außenwelt ist und mit dem ich auch meine Einnahmen lukriere . . . ganz ehrlich, das kann ich nicht.«

»Sie können gerne einen Polizeischutz anfordern«, erklärt Sophie und notiert nun ihrerseits etwas auf einem Blatt Papier. »Das hier ist die E-Mail-Adresse unseres Dienststellenleiters, bei ihm sind Sie richtig.«

Sie schiebt das Blatt über den Tisch, erhebt sich und reicht der verstörten jungen Frau die Hand zum Abschied.

Jene kaut unschlüssig an ihrer Unterlippe.

»Könnte ich Ihnen das Handy auch später noch bringen? Also, falls ich das zu einem späteren Zeitpunkt doch noch möchte?«

»Ja, können Sie. Jederzeit.«

Sophie zieht noch ein Visitenkärtchen aus der Tasche. »Sie können mich auch direkt anrufen, falls Ihnen noch etwas einfällt.«

»Okay.« Klara Schwarting umklammert das Kärtchen mit beiden Händen, während sie den Ermittlern zur Haustür folgt.

»Wo waren Sie eigentlich Freitagabend?«, will Sophie noch wissen, als sie schon einen Fuß aus der Tür draußen hat.

»Ich? Äh . . . Freitagabend? Das war vorgestern, oder?«

»Ja.«

»Da war ich auf ‘ner Party. Bei meiner Freundin, das können Sie gerne nachprüfen. Pia Klüver heißt sie . . . jetzt, wo ich so drüber nachdenke, ist das schon irgendwie heftig«, sagt Klara plötzlich mit einem eigenartig verlorenen Blick. »Wir haben getrunken, getanzt und gelacht, während Erck um sein Leben kämpfte . . . und verlor. Ich weiß gar nicht, wie sich so etwas auf das eigene Karma auswirkt . . .«

# 20

»Diese Klara ist so ein Typ Frau, mit der ich mich keine Sekunde lang entspannen könnte«, erklärt Jasper, als sie wieder im Dienstwagen sitzen.

»Das kann ich mir gut vorstellen«, antwortet Sophie amüsiert.

»Nee, ich meine wegen dieser massiven Stimmungsschwankungen«, stellt Jasper klar, »nicht wegen . . .«

». . . ihrer perfekten Rückenansicht?«

»Genau . . . ähem . . . hey, das habe ich nicht gesagt.«

»Aber gemeint«, lacht Sophie.

»Quatsch . . . egal . . . nicht so wichtig . . . welche ist die Nächste auf unserer Liste? Die beste Freundin in Tönning oder die Ex-Freundin in Büsum?«

»Ich bin für die beste Freundin, die kann uns mit an Sicherheit grenzender Wahrscheinlichkeit auch gleich etwas über die Ex erzählen. Beste Freundinnen kennen alle Liebesdramen.«

»Ist das so?« Jasper sieht plötzlich ein wenig verunsichert drein.

»Logisch. Das ist so sicher wie das Amen im Gebet.«

»Mist.« Er verzieht das Gesicht. »Billi hat auch eine

beste Freundin.«

»Und?« Sophie sieht ihren Kollegen belustigt an. »Das ist doch schön für deine Freundin.«

»Aber nicht für mich, also zumindest nicht, wenn ich mir vorstelle, dass sie alles weiß, was zwischen uns läuft . . .«

Sophie lacht ihn ungeniert aus.

»Tja, mein Lieber, mit diesem Schicksal musst du leben – wie alle anderen Männer auch.«

* * *

Wieder einmal wird ein Klischee bedient, denkt sich Sophie eine halbe Stunde später, als Umma Karlsen ihnen die Tür öffnet. Während die Ex-Frau einem Magermodel gleicht, ist die beste Freundin rundum pummelig. Eine Ulknudel vom Feinsten, wie man leicht aus all den lustigen Fotos an den Wänden schließen kann. Aber heute sind die Augen gerötet und vom Weinen geschwollen.

Sie schnäuzt sich laut und trötend, als sie die Tür öffnet.

»Kommen Sie rein, ich hab Sie schon erwartet.«

»Ja?«, erwidert Sophie fragend.

»Ja, klar. Ich war doch Ercks beste Freundin. Das wäre doch fahrlässig von Ihnen, wenn Sie nicht mit mir sprechen würden.«

»Richtig. Deshalb sind wir hier.«

»Tee?«

»Gern«, freut sich Sophie und lässt ihre Blicke über die Einrichtung schweifen. Umma bewohnt eines jener Apartmenthäuser, die hoch genug sind, um den Deich zu überragen, und daher ihren Bewohnern eine Aussicht aufs Meer gönnen. Zumindest jenen wie Umma, die in den oberen Etagen wohnen.

»Wenn ich hier leben würde, würde ich stundenlang bloß aus dem Fenster sehen«, meint Jasper, der sich ungeniert seine Nase an der Balkontür plattdrückt.

»So gings mir auch zu Beginn«, lächelt Umma traurig und stellt die Zuckerdose auf den Couchtisch. »Ich habe mich über jeden Nachtdienst gefreut, weil ich dann mehr Zeit tagsüber zu Hause verbringen konnte. Ich bin Lkw-Fahrerin, müssen Sie wissen«, fügt sie erklärend hinzu.

»Oh wow, Sie kutschieren diese großen Trucks?«, ist Jasper sofort angetan.

»Ja, je größer, desto lieber. Aber Sie sind sicher nicht gekommen, um mit mir über Lkws zu sprechen.«

»Nein, da haben Sie recht«, erklärt Sophie.

»Nehmen Sie Platz, ich hole den Tee.«

Nachdem Umma drei Tassen voll geschenkt hat, nimmt sie ihre in beide Hände. Ganz so, als ob sie sich daran wärmen müsste. Dann beginnt sie ganz von selbst zu erzählen.

»Wir haben freitagnachmittags noch telefoniert, Erck war wieder einmal in Husum und fragte, ob wir uns treffen können. Ich sagte, komm doch einfach zu mir, aber er wollte nicht. Er meinte, wenn ihm jemand folgt, werde ich nie wieder meine Ruhe haben. Das war richtig krass – ich meine, er war wirklich schon traumatisiert von den vielen Anfeindungen. Er wollte mich nur noch verkleidet in einer Bar treffen. Ich dachte noch, jetzt hat er völlig ‘n Rad ab, aber dann kamen die ersten Freudenpostings über seinen Tod und mir blieb das Herz stehen. Ich konnte ihn nicht mehr erreichen und probierte mein Glück bei Knut Arfsten, dem Besitzer des *Klabautermanns*, weil ich wusste, dass Erck dort wohnte.«

Sie wischt sich die Tränen von den Wangen und nimmt einen Schluck Tee, bevor sie weiterspricht.

»Er hat es mir dann gesagt. Es ist wahr, sagte er, Erck lebt nicht mehr. In meinem ganzen Leben hatte ich noch nie so etwas Trauriges gehört. Wir weinten beide am Telefon . . . als ich erfuhr, dass Knut verletzt worden war, dachte ich erst, das kam auch von den Hatern.«

»Nein, das war ein gefrorener Steg«, erklärt Sophie, ohne dabei Sören Rijnders Rolle zu erwähnen.

»Ja, das hat er mir dann auch erzählt.« Umma zieht kräftig durch die Nase hoch und erhebt sich. »Ich habe vor, zu ihm zu fahren. Er braucht sicher Unterstützung.«

»Tun Sie das. Aber zuerst erzählen Sie uns bitte alles, was Sie über Ihren toten Freund wissen.«

»Nun, das kann dauern, wir kennen uns, seit wir in der Grundschule waren«, gibt Umma zu bedenken.

»Okay, in diesem Fall fangen wir einfach mit der brennendsten Frage an«, entscheidet Sophie. »Wer erbt sein Vermögen?«

»Keine Ahnung. Ehrlich nicht. Über Geld haben wir nie gesprochen.«

»Dann frag ich vielleicht besser andersherum: Fällt Ihnen jemand ein, der ihm schaden wollte?«

»Sie meinen außer diesen miesen Phantomgestalten, die sich im Netz rumtreiben?«

»Ich nehme jeden Namen, der Ihnen einfällt«, erwidert Sophie.

»Tja, bloß habe ich keine. Diese kranken Spinner im Internet versprühen ihr Gift anonym, und im realen Leben hat er sich in den letzten Monaten so sehr zurückgezogen, dass mir niemand mehr einfällt.«

»Sein Manager vielleicht?«

»Max? Nee, der wollte ihn wiederhaben, definitiv. Er hat immer wieder versucht, ihn zu motivieren. Ist ja auch logisch, der verdient bloß etwas, wenn Erck etwas verdient.«

»Was ist mit David Ito, seinem Assistenten? Laut Ercks Handyprotokoll hat er früher häufig mit ihm telefoniert, aber nun schon ‘ne Weile nicht mehr.«

»Weil er ihn vor einem Monat gefeuert hat. Er sagte, verstecken könne er sich auch alleine, dafür würde er keinen Assistenten benötigen«, erzählt Umma.

»Gab es böses Blut?«, fragt Sophie nach.

»Nein. David kam das ganz gelegen, denke ich. Er ging zurück nach Japan, wo er auch aufgewachsen ist.«

»Okay, dann unterhalten wir uns über ShEGs Liebesleben. Ist es richtig, dass er noch Kontakt mit seiner letzten Ex-Freundin hatte?«

»Oh ja, Bernadette und die Never-ending-Story. Das war seit einem Jahr ein ständiges On-off, weil sie nie wirklich voneinander loskamen. Bernadette hat dieses Drama dann noch verschärft, indem sie sich kopfüber in die nächste Beziehung gestürzt hat.«

»Hat sie Ihnen das erzählt?«

»Nein, Erck«, erwidert Umma. »Er hat ziemlich unter dieser Situation gelitten. Zusätzlich zu der ganzen Hater-Scheiße, die im Netz lief.«

»Und hatte er irgendeine Strategie, um aus seinen

Schwierigkeiten wieder rauszukommen?«, will Sophie wissen.

»Es gab Tage, da hat er drüber nachgedacht, und Tage, da hat er sich einfach zugedröhnt, aber ‘ne Strategie . . . nee, die hatte er nicht.«

# 21

»Das ist echt traurig. Von ShEGs bester Freundin haben wir so gut wie nichts Neues erfahren. Dass er sich scheiden ließ, sich dann auch noch von seinem Manager trennte und seit einem halben Jahr unter Hassattacken im Netz und zunehmend auch in der Realität litt, wussten wir vorher auch schon«, motzt Sophie, als sie ihre Fahrt im Dienstauto Richtung Büsum fortsetzen.

»Stimmt«, meint Jasper, der nun das Steuer übernommen hat, »aber wir haben zumindest erfahren, dass er seiner Ex-Freundin – Bernadette – mehr nachtrauerte als seiner Ex-Frau. Und wir wissen, dass besagte Beziehung mit Bernadette nie wirklich endete, weil sie nicht voneinander loskamen. Das ist doch schon mal ein prima Vorwissen für die kommende Befragung.«

»So kann man es auch sehen. Ich bin schon richtig neugierig auf diese Frau, die denkt, dass sie von dem Mann, den sie liebt, loskommen kann, indem sie sich in eine neue Beziehung stürzt«, erwidert Sophie und tippt sich an die Stirn. »Als ob so etwas jemals schon funktioniert hätte.«

Jasper sieht bestürzt zu ihr hinüber. »Zum Glück funktioniert das nicht. Nicht auszudenken, wenn Billi auf diese Idee käme. Ich würde umkommen vor Schmerz.«

»Vielleicht wars bloß ein Versuch, ihn zur Vernunft zu bringen? Vielleicht wollte jene Bernadette bloß erreichen, dass er um sie kämpft, sein Leben in den Griff kriegt«, rät Sophie und tippt ihrem Kollegen auf die Schulter. »Was hältst du von einer kleinen Stärkung auf dem Weg?«

»Fischbrötchen?« Jaspers Augen beginnen sofort zu leuchten. »Bin dabei!«

* * *

Bernadette Walter erinnert rein äußerlich sehr stark an Klara Schwarting. ShEG hatte unverkennbar einen Lieblingstyp, was Frauen anging.

Mit ihrer zierlichen Statur wirkt sie noch sehr kindlich, obwohl sie bereits vierundzwanzig ist. Vielleicht liegt es auch daran, dass sie ungeschminkt, völlig verheult und überdies erkältet ist. Wie ein Häufchen Elend sitzt sie mit ihren langen, schwarzen Haaren zwischen den Ermittlern auf der Couch und bekommt vor lauter Weinen, Husten und Schnäuzen kaum Luft.

Sophie streicht ihr beruhigend über die Schultern, und Jasper, dem die Situation nicht ganz geheuer ist, steht ein wenig verlegen auf.

»Ich gehe in die Küche und setze Teewasser auf«, erklärt er. »Ich glaube, ein heißer Kräutertee wird uns allen guttun.«

»Vielen Dank«, schnieft Bernadette und kuschelt sich an Sophie.

»Ähm . . .«, macht jene und rückt ein wenig von ihr ab, woraufhin die junge Frau wieder zu weinen beginnt. Sie zu befragen, scheint noch nicht möglich, also streicht Sophie ihr beruhigend über den Arm und wartet, bis Jasper mit dem Tee kommt.

# 22

Nachdem Hauptkommissar Thomsen dem Kriminaldirektor persönlich erklären musste, weshalb er eine mediale Bitte um Hinweise, die Maskenmänner betreffend, für nicht hilfreich hält, hat er sich auf den Weg gemacht, um Knut Arfsten in seiner zerstörten Kneipe zu besuchen.

Im Inneren des Lokals steht ein Mann in einem schlecht sitzenden grauen Anzug und schießt mit ängstlichem Gesichtsausdruck Fotos mit seinem Handy. Arthur sitzt ihm gegenüber und verfolgt aufmerksam jede seiner Bewegungen.

»Sie sind?«, will Thomsen wissen.

»Rolf Lindemann, von der Versicherung.«

»Da haben Sie aber Glück«, erklärt der Hauptkommissar gut gelaunt. »Die Kollegen vom Paketdienst beißt er.«

»Ach echt?«

Thomsen betrachtet nun amüsiert, wie sich Lindemann noch einen Tick mehr verkrampft.

Knut Arfsten kommt ihm entgegen gehumpelt.

»Moin Herr Hauptkommissar! Was darf's sein? 'Nen

Kurzen zur Begrüßung?«

»Wenn Sie das in Erzähllaune bringt, sehr gern.«

Sie nehmen an einem der Tische Platz und der Wirt schenkt einen Magenbitter ein.

»Wie geht's mit Arthur?«, fragt Thomsen.

»Gut. Ihre Kollegin, die Svenja, die kommt morgens und abends für 'nen Spaziergang, das hilft mir wirklich sehr. Und zwischendurch lass ich ihn mal raus. Er ist ohnehin 'ne Diva. Bei den Temperaturen bleibt er lieber im Warmen.«

»Versteh ich«, lacht Thomsen. »Das geht mir auch so. Apropos Svenja, wie war das genau an jenem Freitagabend?«

»Nun, die kam so gegen sieben. Allein. Kurz darauf tauchte so 'n richtig feiner Pinkel auf. Aus Berlin oder Hamburg, jedenfalls nicht von hier. Er hat den teuersten Wein bestellt und zweimal Garnelen.«

»Sie haben auch 'ne Küche hier?«

»Nee, das Essen bestelle ich vom *Küstenkutter*, das sage ich den Gästen aber auch. Für das Service und das Gedeck schlag ich etwas drauf. Gibt immer wieder Gäste, die das wollen.«

»Klingt gut.« Thomsen reibt sich den Bauch und überlegt tatsächlich, mal abends mit Maike vorbeizuschauen – irgendwann in der Zukunft, wenn der Laden wiederhergestellt ist. »Und wie gings dann weiter?«

»Nun, die beiden tuschelten, wie Verliebte es nun mal tun, aber dann ging das irgendwie auseinander. Er stand plötzlich auf und legte mit den Worten, *falls die Dame noch etwas trinken möchte,* zweihundert Euro auf den Tresen. Das war viel zu viel, aber er wollte nichts davon hören und ging. Sie blieb allein zurück. Ich muss schon sagen, das war ein herzzerreißender Anblick. Also bot ich ihr ‘nen Piratenschluck an. Das ist ‘n Kräuter . . .«

»Kenn ich«, unterbricht Thomsen.

»Ja, klar. Nun, das war nicht meine beste Idee, weil daraufhin kippte sie einen nach dem anderen, bis die Flasche leer war. Erck saß zuerst bei mir an der Bar, aber sie tat ihm leid und er setzte sich zu ihr. Eine Weile redeten sie. Doch sie trank immer weiter, bis sie mitten im Satz mit dem Kopf auf die Tischplatte schlug. Da hat Erck sie in die Wohnung hochgebracht.«

»Warum?«, will Thomsen wissen.

»Na, so war er eben. Erst wollte er ihr ein Taxi bestellen, aber das hat sie abgelehnt, also hat er sie hochgebracht, ihr beim Kotzen die Haare gehalten und sie hingelegt.«

»Und dann kam er wieder runter an die Bar?«

»Ja, sonst wüsste ich’s ja nicht. Er kam nach ‘n paar Minuten wieder runter und hat’s mir erzählt.«

»Er hat die Situation nicht ausgenutzt?«, hakt Thomsen nach.

»Nein, so war er nicht. Die Mädchen liefen ihm in Scharen nach, aber das interessierte ihn nicht. Er wollte Bernadette. Das war schwierig genug.«

»Bernadette war seine Freundin?«

»Ex-Freundin. Und dann wieder doch nicht. Er hätte sie heiraten sollen, als er die Gelegenheit dazu hatte, er kam ja doch nicht von ihr los. Noch einen Kurzen?«

»Wenns sein muss.« Thomsen grinst. »Und jetzt erzählen Sie mir von Bernadette.«

Nach zwei weiteren Gläschen weiß er so viel über Bernadette, dass er ohne Rückfragen für sie

Unterwäsche kaufen und einen Urlaub buchen könnte. Es ist an der Zeit, wieder ins Büro zurückzukehren.

»Noch 'n Letzten, zum Abschied?«, bietet der Wirt an.

»Klar«, freut sich Thomsen. »Da fällt mir ein, eine Frage hab ich noch. Wer erbt denn nun Ercks gesamtes Vermögen?«

# 23

Den ganzen Tag schon ist die Sonne nicht zu sehen. Grau in Grau hängen die Wolken am Himmel, aber nun, da es auch noch zu dämmern beginnt, drückt das unfreundliche Wetter massiv aufs Gemüt.

Svenja hat eine volle Kanne Kaffee aufgebrüht, während sie auf das Eintreffen ihrer Kollegen wartet. ShEGs CD ist mittlerweile bei der achten Nummer angekommen, doch es war noch kein Song dabei, der ihr gefallen oder zumindest ihre schlechte Laune vertrieben hätte.

Auch die WhatsApp-Nachricht von Ralf, mit der er ihr mitteilt, dass er gut in New York gelandet ist, trägt nicht dazu bei, ihre Stimmung zu heben. Sie löscht den gelungenen Schnappschuss von der Freiheitsstatue und überlegt zum wiederholten Male, ob sie ihn nicht von ihrem Account blocken sollte.

Als Thomsen laut lachend in den Großraum hereinpoltert, ist sie richtig erleichtert, ihren Chef zu sehen. Er hat das Handy am Ohr und telefoniert wie üblich in einer Lautstärke, dass jeder in seinem Umfeld die gesamte Unterhaltung mitbekommt.

»Klar, Schätzchen, prima Idee! Mach das, meine Süße . . . ja, Hühnchen esse ich immer gern. Doch, wirklich, ich freu mich. Küsschen!«

Nachdem er sein Mobiltelefon wieder eingesteckt hat, wirft er seiner jungen Mitarbeiterin einen missbilligenden Blick zu.

»Warum läuft diese schreckliche Musik hier? Da möchte man bloß noch die Ohren einklappen.«

»Das ist ShEGs CD«, rechtfertigt sich Svenja. »Allein dieses Album hat sich fünf Millionen mal verkauft.«

»*Ich fick dich ins Hirn und zertrete dein Herz*? Ernsthaft? Das wollen die Leute hören?«

»Guck mich nicht an. Ich hab's nicht geschrieben – und auch nicht gekauft.« Sie zieht die Schultern hoch und schaltet den CD-Player aus.

»Wie gehts dir denn?«, fragt er in die plötzliche Stille hinein.

»Immer noch Scheiße«, gibt sie ehrlich zu.

»Willst du mein Rezept für Beziehungsglück?«

»Nee danke.«

Thomsen lacht. »Ich sag's dir trotzdem. Du musst dir 'n Partner suchen, der dich einen Tick mehr liebt als du ihn. Dann läuft's . . .«

Mit einem breiten Lächeln bleibt er vor ihr stehen, um die Wirkung seiner Worte zu verfolgen.

Doch Svenja verzieht bloß das Gesicht. »Ach quatsch, du hattest einfach Glück mit Maike.«

»Nee, sie mit mir – weil ich der bin, der sie diesen Tick mehr liebt. Das spürt sie natürlich, also kann sie sich entspannen. Und wenn sie entspannt ist, läuft die Beziehung so richtig rund . . .«

Svenja muss nun doch lächeln. »Kaffee, Chef? Hab

ich gerade frisch gemacht.«

Thomsen kommt gerade mit seinem vollen Pott aus der Küche zurück, als Sophie und Jasper im Großraum eintreffen. Letzterer kommt aus dem Lachen nicht mehr heraus.

»Ihr seid zum Arbeiten hier, nicht zum Vergnügen«, brummt Thomsen.

»Ja, Chef, ich weiß, Chef, aber hahahaha . . .«

»Was ist mit ihm?«, fragt Thomsen nun Sophie, die ebenfalls amüsiert wirkt.

»ShEGs Ex-Freundin, Bernadette, sie . . . ich weiß nicht so recht, wie ich das formulieren soll, sie . . . himmelt mich an.«

»Nee, oder?«, gluckst Svenja.

»Voll«, kichert Jasper. »Sie hat sich richtig an Sophie rangekuschelt. Wie so 'n Kätzchen.«

Thomsens Brauen gehen in die Höhe.

»Es ist wahr«, gibt Sophie zu, »und als wir gingen, hat sie mich mit großen traurigen Augen angesehen und gefragt, wann ich wiederkomme.«

»Sachen gibt's . . .« Thomsen lässt sich ein wenig irritiert auf Svenjas Besucherstuhl nieder. Dass besagte Bernadette auch mit Frauen liebäugelt, hatte ihm Arfsten nicht erzählt. »Habt ihr sonst noch etwas rausgefunden?«

»Nee.« Sophie schüttelt ihre Locken. »Also nichts, was wir nicht schon wussten. Sowohl ShEGs beste Freundin als auch seine Ex-Freundin bestätigten, dass er unter diesen Hasspostings gelitten hat, wobei Letztere sehr glaubhaft den Eindruck vermittelte, dass sie noch starke Gefühle für ihn hat.«

»Obwohl sie bereits eine neue Beziehung hat«, wirft

Jasper missbilligend ein. »'Ne offene Beziehung – was immer das ist . . .«

»Dass man als Paar zusammengehört, aber auch mit anderen Sex haben kann«, erklärt Svenja trocken.

Trotz der Selbstverständlichkeit, mit der sie das vorgebracht hat, läuft Jasper rot an und verstummt.

»Aber welche Leute hinter diesen Hasspostings stecken und ob die in ShEGs realem Leben auch eine Rolle spielten, konnte uns niemand sagen«, kehrt Sophie wieder zum roten Faden der Ermittlungen zurück. »So wie sich die Sache derzeit darstellt, hatte der arme Kerl in den letzten Wochen vor seinem Tod bloß noch mit drei Menschen intensiveren Kontakt. Mit seiner besten Freundin, die er nicht mehr besuchen wollte, mit seiner Ex-Freundin, die sich etwas mit einem anderen angefangen hatte, um von ihm loszukommen, und schließlich mit Knut Arfsten, in dessen Dachgeschosswohnung er sich versteckt hielt.«

»Eigentlich traurig«, brummt Thomsen. »Das Leben eines Promi-Musikers und Multimillionärs hätte ich mir anders vorgestellt.«

»Ich auch«, meint Svenja nachdenklich. »Diesen Hochglanz-High-Society-Magazinen glaube ich kein Wort mehr!«

»Auf jeden Fall muss ihn jemand gesehen und an die Hater-Community verraten haben«, überlegt Sophie. »Irgendjemand, der ihn gut kannte, denn er hat sich mit der Verkleidung doch einige Mühe gegeben.«

Svenja springt plötzlich hoch, als ob sie eine Eingebung gehabt hätte.

»Vielleicht hat jemand den Hund erkannt? So 'ne Dogge ist doch auffällig . . . irgendjemand, der in den letzten Tagen im *Klabautermann* war, könnte Arthur dort gesehen haben.«

»Hm«, macht Thomsen und weiter nichts.

Sie sieht nun Jasper an, um Unterstützung für ihre Theorie zu bekommen, was jenen dazu verleitet, ebenfalls ein nichtssagendes »*hm*« von sich zu geben.

»Wie war eigentlich dein Termin beim Dienststellenleiter?«, wechselt Sophie nun das Thema und sieht ihren Chef neugierig an. »Gibt es morgen eine Pressekonferenz?«

»Erinnere mich bloß nicht daran.« Thomsen verdreht die Augen bis zu Decke. »Der Petersen und der Paulsen sind echt ein Dream-Team. Diesmal haben sie die Idee ausgebrütet, dass wir die Bevölkerung auffordern sollen, uns Hinweise auf die Maskenmänner zu geben.«

Sophie legt ihre Stirn in Falten. »Wie stellen die sich das vor? Denken die, die Täter hocken zu Hause in Strumpfmasken rum, und ihre Frauen rufen dann bei uns an, um uns davon zu erzählen?«

»So etwas in der Art habe ich auch eingewendet. Nee, Paulsen meinte, die Zeugen sollen mit dem Polizeizeichner Fahndungsbilder erstellen, bei denen der Zeichner dann die Maske quasi wegretuschieren soll.«

»Autsch«, sagt Svenja, und grinst von einem Ohr bis zum anderen. »Da sind dann sehr schnell sehr viele verdächtig, die gar nichts damit zu tun haben.«

»Das war auch meine Befürchtung. Ich konnte sie schließlich davon abbringen, aber ich musste versprechen, dass wir diejenigen Mitbürger, die gebrauchte Strumpfmasken in ihrem Hausmüll entdecken, auffordern, sich umgehend bei uns zu melden.«

Svenja lacht nun schallend los und Thomsen freut sich, dass der Input seiner Vorgesetzten doch noch für etwas gut ist.

# 24

Auf der Heimfahrt wählt Sophie die Nummer ihrer besten Freundin und tippt ungeduldig auf das Lenkrad, während sie auf die Verbindung wartet. Endlich schallt Alex' Stimme via Freisprecheinrichtung aus den seitlichen Boxen.

»Hallo meine Liebe, was gibt es Neues in deinem Nordkaff? Nein, sag nichts, ich weiß es schon. Ein gewisser ShEG ist zu Tode gekommen, das war gestern Abend schon überall im Fernsehen.«

»Yep. Wir haben hier eine hässliche Hatergeschichte. Offenbar ist Husum im 21. Jahrhundert angekommen.«

»Das greift tatsächlich immer mehr um sich. Wir hatten im letzten Jahr bei uns in der Rechtsmedizin zwei ähnliche Fälle«, berichtet Alex. »Die Opfer werden bis zur Unkenntlichkeit verprügelt. Da wundert es mich eher, dass er es noch lebend in den Rettungswagen geschafft hat.«

»Das verdankt er vermutlich seinem Hund. Der blieb an seiner Seite. Nachdem seine Schnauze dabei verletzt wurde, vermute ich, dass er ins Geschehen eingegriffen hat. Vielleicht haben die Täter deshalb wieder von ihm abgelassen?«

»Schade nur, dass es ihm nichts genutzt hat.«

»Ja, die Verletzungen waren zu massiv. Er ist innerlich verblutet. Du kannst das Update im TV morgen weiterverfolgen, der Rüde gibt wieder mal 'ne Pressekonferenz – in der Hoffnung, dass wir den feigen Maskengestalten auf die Spur kommen.«

»Hat nicht einer der Täter seine DNA an einer Gabel zurückgelassen?«, fragt Alex. »Ich glaube, so etwas gehört zu haben. Obwohl ich nicht ganz verstanden habe, wieso jemand, der maskiert ein Verbrechen begeht, dann auf einmal DNA Spuren hinterlässt.«

»Nun, es war nicht ganz freiwillig«, erläutert Sophie amüsiert. »Thomsens Sohn, der zufällig in der Bar anwesend war, hat einen der Täter mit einer Gabel aufgespießt.«

»Ist nicht wahr.« Alex gluckst belustigt. »Die Familie Thomsen ist doch immer wieder für eine Überraschung gut.«

»Nicht nur die Familie Thomsen . . . du errätst nie, was mir heute passiert ist. Eine Zeugin, ShEGs Ex-Freundin, um genau zu sein, hat mich angemacht.«

»Nein . . . einfach so? Während der Befragung?«

»Ja, sie war durcheinander, massiv am Flennen und außerdem erkältet wie Sau. Und trotzdem, zwischen Husten, Niesen und Schluchzen hat sie mich nach allen Regeln der Kunst angeschmachtet«, erzählt Sophie. »Jasper wusste schon gar nicht mehr, wo er hingucken sollte . . .«

»Sachen gibt's . . .«

»Das hat Thomsen auch gesagt. In genau denselben Worten, mit genau demselben Tonfall.«

Alex lacht schallend auf. »Warts ab, der Tag wird

kommen, an dem du uns verwechselst. Hat's dir denn gefallen?«

»Was?«

»Nun, angemacht zu werden, von 'ner Frau.«

»Irgendwie schon«, gibt Sophie zu. »Wer liebt es nicht, mal angehimmelt zu werden? Ist ja nicht so, dass einem das täglich passiert. Hinzu kommt, dass sie unglaublich niedlich ist – wie so 'n Kätzchen, das man einfach streicheln muss.«

»Und du wunderst dich, dass der arme Jasper einen schnellen Puls bekommen hat? Du wirst den Jungen noch völlig verderben.«

»Nur in deiner Fantasie«, schmunzelt Sophie. »Im echten Leben bin ich eine treue Partnerin, die zu ihrem Mann und ihrer Katze nach Hause fährt.«

»Ach was«, kichert Alex. »Das echte Leben wird überbewertet.«

*Wenn die Sonne der Kultur niedrig steht,*
*werfen selbst Zwerge einen Schatten*

*Karl Kraus*

# MONTAG

# 25

Thomsen geht im Großraum auf und ab – wie ein hungriger Tiger im Käfig. Seinen Pott Kaffee hält er dabei fest umklammert.

Svenja sieht auf die Uhr.

»Chef, es ist schon fünf vor neun. Vielleicht solltest du . . .«

»Ja, ich weiß.« Er atmet tief durch. »Ich muss mich bloß noch auf diese Pressemeute einstimmen. Wie du weißt, haben wir nichts, aber der Kriminaldirektor erwartet, dass ich das als Erfolg verkaufe . . .«

»Niemand kann das besser als du«, meint Sophie lakonisch.

»Danke Meerkatz, äh . . . warte mal. War das überhaupt ein Kompliment? Ich . . .« Das Klingeln seines Handys lenkt ihn ab. Er wirft einen Blick aufs Display und seine Miene hellt sich auf.

»Moin Tjark, sag bitte, du hast gute Neuigkeiten . . . ach . . . nee . . . genial! Ja, das hilft mir tatsächlich!«

Mit einer triumphalen Geste beendet er das Gespräch und steckt sein Handy wieder ein.

»Das war Tjark Frerichs von der KTU. Das Blut, das

am Kneipentisch im *Klabautermann* zurückgelassen wurde, gehört einem gewissen Olaf Bergen. Svenja, ich will alles über ihn wissen – und zwar in den nächsten drei Sekunden. Meerkatz, du organisierst die Verhaftung noch während der Pressekonferenz – und schick mir eine SMS, sowie er in Gewahrsam ist.«

»Und ich, Chef?«, will Jasper wissen, während seine Kolleginnen bereits loslegen.

»Du kommst mit mir mit. Und halte deine Handykamera griffbereit. Heute kannst du 'ne Menge lernen!«

Strotzend vor Selbstbewusstsein nimmt Thomsen seine Jacke vom Haken und begibt sich zum Ausgang. Svenja eilt ihm hinterher, um ihm einen Computerausdruck auszuhändigen.

Ein großspuriges Lächeln macht sich auf seinem Gesicht breit, als er die Informationen laut vorliest.

»Olaf Bergen, achtundzwanzig Jahre alt, von Beruf Automechaniker, zweimal vorbestraft wegen körperlicher Gewalt, wohnhaft in Friedrichstadt, zurzeit ohne Beschäftigung. Was für ein Glücksfall! Meerkatz, gib Gas und hol den Fischkopp aus den Federn!«

# 26

»Dieser Tag wird ein Horrortrip, das weiß ich jetzt schon«, stöhnt Sophie, während sie sich ihre widerspenstigen Locken hinter die Ohren steckt.

»Du meinst die Verhaftung?«, rätselt Svenja.

»Ja, und außerdem habe ich ShEGs Manager für dreizehn Uhr einbestellt.«

»Soll ich ihn auf morgen verschieben?«

»Nee, bloß nicht. Der hat seinen Wohnsitz und sein Büro in Hamburg und war schwer zu motivieren, hierherzukommen. Wenn wir den jetzt auf halbem Weg wieder zurückschicken, kommt der freiwillig nicht mehr. Also lautet das Motto des Tages: Durchbeißen und eines nach dem anderen erledigen.«

Sie greift zu ihrem Handy und stellt sich dann ans Fenster, wie Thomsen es immer macht, wenn er Gott und die Welt herumkommandiert.

»Ja, Meerkatz hier. Ich brauche Unterstützung bei einer Festnahme . . . nein, jetzt sofort. In Friedrichstadt. Drei Wagen, zwei vorn und einer hinten in der Parallelstraße . . . klar, reicht ein Wagen auch, wenn Sie wollen, dass Hauptkommissar Thomsen live auf der Pressekonferenz verkündet, an wem es gescheitert ist, wenn der Verdächtige entwischt . . . ganz genau, die Pressekonferenz ist derzeit im Gange . . . schön, dass wir uns einig sind. Und geben Sie Gas, ich erwarte eine Erfolgsmeldung in den nächsten fünfzehn Minuten.«

Nachdem Sophie aufgelegt hat, kann Svenja ihr Lachen nicht mehr unterdrücken.

»*Ich erwarte eine Erfolgsmeldung in den nächsten fünfzehn Minuten!* Du klingst ärger als jeder General. Von dir kann selbst unser Chef noch etwas lernen.«

»Danke.« Sophie grinst. »Und jetzt brauche ich so viel Material wie möglich über diesen Olaf Bergen!«

»Aye aye, kommt sofort«, erwidert Svenja und tippt sich an die nicht vorhandene Kappe.

Nun ist es Sophie, die wie ein Tiger im Käfig den Großraum auf und ab läuft. Nach exakt elf Minuten ertönt das elektronische Möwengekreisch aus ihrem Handy, doch zu ihrer Enttäuschung meldet sich bloß Dr. Jensen, der Gerichtsmediziner, um ihr mitzuteilen, dass die Wunden an Erck Schwartings Leichnam von Schlag- und Sturzverletzungen herrühren. Todesursächlich waren die heftigen Schläge gegen den Brustkorb, die mit ziemlicher Sicherheit durch einen Schlagstock erfolgten, und aufgrund der Heftigkeit zu Knochenbrüchen und massiven Verletzungen der inneren Organe führten.

Also nichts Neues, denkt Sophie, bedankt sich und nimmt ihr fieberhaftes Warten wieder auf. Erst nach weiteren sieben Minuten erfolgt endlich der heiß ersehnte Rückruf.

»Frau Oberkommissarin, wir haben ihn«, meldet sich derselbe Beamte, mit dem sie vorhin telefoniert hat. »Hat noch gepennt. Kein Fluchtversuch, aber 'ne

Tätlichkeit gegen einen Kollegen.«

»Schlimm?«

»Nee, bloß 'n Nasenstüber. Aber der Kollege neigt zu Nasenbluten. Sah also wild aus. Wir bringen den Festgenommenen jetzt nach Husum.«

»Perfekt.«

Svenja, die mitgehört hat, hebt die Hand zur High-Five-Geste. Sophie schlägt ein und freut sich wie eine Schneekönigin über diesen Erfolg. Erleichtert tippt sie eine SMS für Thomsen.

»*Olaf Bergen ist festgenommen. Trifft in Kürze hier ein.*«

# 27

Hauptkommissar Thomsen hat es darauf angelegt, bei der heutigen Pressekonferenz auf Zeit zu spielen. Dementsprechend hat er sowohl den Dienststellenleiter als auch den Kriminaldirektor um ein möglichst langes Eröffnungsstatement gebeten. Petersen hat sich dabei zu Thomsens Freude selbst übertroffen, indem er gezählte dreimal seine Brille abnahm, putzte und wieder aufsetzte.

Nachdem auf diese Weise schon einige Zeit vergangen ist, übergibt nun der Dienststellenleiter das Wort an Thomsen. Ihm als leitenden Ermittler fällt es zu, von den konkreten Ermittlungsergebnissen zu berichten. Nachdem so gut wie keine vorliegen, legt er umso ausführlicher den Tathergang dar. Sein Mobiltelefon liegt mit dem Display nach oben vor ihm auf dem Pult, sodass er nach jedem Satz unauffällig einen Blick darauf werfen kann. Als es endlich aufblinkt und eine Nachricht von der Meerkatz anzeigt, macht sein Herz vor Freude einen kleinen Sprung.

»Meine Damen und Herren, ich habe noch eine Überraschung für Sie. Während wir alle hier sitzen, hat eine besonders erfreuliche Entwicklung stattgefunden.

Es ist uns – und damit meine ich alle Kolleginnen und Kollegen, die mit diesem Fall befasst sind – soeben gelungen, einen der Maskenmänner zu identifizieren und zu verhaften.«

Thomsen genießt das Raunen, das nun durch den Saal geht. Er legt eine Kunstpause ein, um die Spannung zu erhöhen.

»Können Sie uns den Namen nennen?«, ruft ein Reporter in dunkler Lederjacke.

»Geduld, Geduld.« Thomsen hebt die Hand. Er ist nun ganz in seinem Element und will sich diesen wunderbaren Moment nicht durch übertriebene Eile selbst verderben. »Wie Sie wissen, ist die Anonymität der Täter, die sich in den undurchsichtigen Weiten des World Wide Webs herumtreiben, ihr höchstes Gut. Niemand weiß, wer Sie sind. Niemand weiß, was sie tun. Oft nicht mal die engste Familie. Menschen, die ihren Hass im Internet ausleben, bleiben im realen Leben völlig unbehelligt, wenn man den Namen, den sie im Netz benutzen, nicht zu ihnen zurückverfolgen kann. Doch in diesem besonders widerwärtigen Fall haben sich sechs Männer aus der Deckung gewagt. Sie haben sich nicht mehr darauf beschränkt, Beschimpfungen und Drohungen per Mausklick zu veröffentlichen, nein, sie haben sich tatsächlich verabredet, versammelt und mitten in unserer Stadt eine Kneipe überfallen. Jeder einzelne von ihnen bis zur Unkenntlichkeit maskiert. Ja, sie waren gesichtslose Monster, als sie mit Schlagstöcken auf unschuldige Bürger losgingen und Angst und Schrecken verbreiteten. Und deshalb sehe ich es als ein gerechtfertigtes Interesse der Öffentlichkeit an, die Namen dieser Männer zu erfahren. Das ist auch eine

Botschaft der Polizei an jene, die wir noch suchen – wir werden euch finden und eure Gesichter und Namen veröffentlichen. Ihr werdet euch nicht mehr vor euren Mitmenschen verstecken können! Ich nenne Ihnen nun mit Freude den Namen des ersten Verhafteten in diesem Mordfall. Es handelt sich um den achtundzwanzigjährigen Olaf Bergen, der bereits zwei Mal wegen Körperverletzung vorbestraft ist. Er war derjenige, der bei dem hinterhältigen Überfall auf eine friedliche Kneipe sein Blut an einem der Tische zurückgelassen hat. Er war also mit Sicherheit einer dieser ungemein aggressiven Maskengestalten. Ob er auch ShEGs Mörder ist oder an dem Mord mitgewirkt hat, werden die nachfolgenden Ermittlungen weisen – insofern erinnere ich Sie an Ihre Pflicht, Olaf Bergen nicht als Mörder vorzuverurteilen. Sie können aber gerne über Ihre geschätzten Medien allen anderen Maskenmännern ausrichten, dass es bloß noch eine Frage der Zeit ist, bis wir jeden einzelnen von ihnen ans Licht der Öffentlichkeit zerren.«

Eine attraktive Reporterin in Thomsens Alter, die durch ihre weißblonde Igelfrisur auffällt, klatscht anerkennend in die Hände und ermuntert einige weitere ebenfalls, Beifall zu zollen.

Als wieder Ruhe einkehrt, hebt sie die Hand.

»Stimmt die Information, dass Ihr eigener Sohn – der übrigens auch vorbestraft ist – bei dem Überfall vor Ort war und ebenfalls eine Tätlichkeit begangen hat?«

Thomsen kneift die Augen zu schmalen Schlitzen zusammen und mustert die Journalistin eingehend. Die Bemerkung über ihre aufgespritzten Lippen, die sich ihm sofort aufdrängt, schluckt er hinunter. Stattdessen setzt er ein verbindliches Lächeln auf.

»Danke für diese Frage, die ich zum Anlass nehmen möchte, mich bei meinem Sohn – stellvertretend für alle Menschen, die Zivilcourage zeigen – zu bedanken. Mein Sohn hat sein Leben lang bewiesen, dass er jemand ist, der sich für jene einsetzt, die sich nicht wehren können. Dieses Engagement führte tatsächlich in seiner Jugend zu einer Verurteilung, weil es nun mal bei Strafe verboten ist, in Betriebe einzubrechen und die dort für Versuchszwecke gefangengehaltenen Tiere zu befreien. Was nun den brutalen Überfall im *Klabautermann* betrifft – mein Sohn war rein zufällig Gast in diesem Lokal, genauso gut hätte auch Ihr Sohn dort sein können . . . oder Ihre Tochter, Ihre Mutter, Ihr Vater, Ihre Schwester, Ihr Bruder. Es hätte jeden von uns treffen können. Dieser Anschlag ist deshalb so verwerflich, weil er sich gegen friedliche Menschen gerichtet hat, die zufällig zur falschen Zeit am falschen Ort waren. Keiner von ihnen konnte sich auf einen derartigen Angriff vorbereiten – und daher macht es mich als Vater sehr stolz, dass mein Sohn in einer beängstigenden Situation mit einem blitzschnellen Manöver dafür gesorgt hat, dass es kein weiteres Opfer zu beklagen gibt. Und mehr noch – er hat nicht nur seinen Freund vor einem beträchtlichen Gesundheitsschaden oder sogar dem Tod bewahrt – ihm allein ist der heutige Durchbruch zu verdanken. Denn ohne seinen beherzten Einsatz, der es uns ermöglichte, die DNA des Täters sicherzustellen, wären wir Olaf Bergen noch nicht auf die Spur gekommen.«

Die Weißblonde mit dem Igelschnitt nickt nun anerkennend.

»So gesehen war das ein Generationen-übergreifender Schlag gegen das Verbrechen.«

Thomsen grinst zufrieden und zeigt ihr die Daumen-hoch-Geste.

»Noch jemand Fragen?«

# 28

Olaf Bergen, dessen äußeres Erscheinungsbild auf eine durchzechte Nacht schließen lässt, starrt den Hauptkommissar, der bestens gelaunt den Vernehmungsraum betritt, grimmig an.

»Was soll das?«, knurrt er und sein wütender Blick erfasst nun auch Sophie und Jasper, die ihm gegenüber Platz nehmen. »Warum werde ich von der Polizei ohne jeden Grund aus dem Bett gezerrt?«

Thomsen legt ein Aktenbündel auf den Tisch und streckt entspannt die Beine aus.

»Sagen Sie's mir.«

»Hören Sie mir nicht zu?«, blafft Bergen. »Ich sagte gerade, ich weiß überhaupt nicht, was das soll. Ich hab mir nichts zuschulden kommen lassen. Das ist wieder so ein typischer Fall von Polizeiwillkür.«

Thomsen blättert die Akte auf.

»Ich habe hier einen schriftlichen Beweis, dass Sie vergangenen Freitagabend im *Klabautermann* Personen und fremdes Eigentum attackiert haben.«

»Völliger Schwachsinn«, knurrt Bergen und streicht über sein kurz rasiertes Kopfhaar. »Freitagabend war ich zu Hause und hab Fußball geguckt.«

»Ach? Und das? Was ist das?« Sophie deutet auf das Heftpflaster, das auf seiner linken Hand zwischen Zeige- und Mittelfinger klebt.

»'Ne Warze. Hab ich mir selbst entfernt. Blutet nun mal.«

»Sie denken wirklich, Sie kommen damit durch?« Thomsen lacht aus voller Kehle. »Nun, da muss ich Sie enttäuschen. Sie haben Blut verloren, im *Klabautermann*. Die Auswertung ist eindeutig.«

Bergen verschränkt nun die Arme und schiebt die Unterlippe vor. »Ich will einen Anwalt. Das Recht steht mir zu. Sie halten mich hier widerrechtlich fest. Ich werde nichts mehr sagen, bis mein Anwalt hier ist.«

»Okay, dann sehen wir uns morgen wieder.«

»Morgen?« Bergen spuckt das Wort voller Hass aus.

»Ja, die nächsten achtundvierzig Stunden sind Sie in jedem Fall unser Gast. Wir setzen die Vernehmung dann morgen im Beisein Ihres Rechtsbeistands fort. Ich freue mich schon darauf.«

Thomsen erhebt sich wieder und Sophie und Jasper tun es ihm gleich.

Als sie den Raum verlassen, sieht ihnen Olaf Bergen hasserfüllt hinterher.

# 29

»Was man so hört, war die Pressekonferenz ein voller Erfolg«, lobt Svenja ihren Chef, als jener mit stolz geschwellter Brust in den Großraum zurückkehrt. »Ich habe soeben das Video gesehen, das Jasper gemacht hat.«

»Danke«, freut sich Thomsen und sonnt sich in ihrer Bewunderung. Er kann es kaum erwarten, die Aufnahme heute Abend gemeinsam mit seiner Frau bei einer netten Flasche Wein zu genießen.

»Ich finde es schön, was du über deinen Sohn gesagt hast«, setzt Svenja nach. »Ich glaube, er freut sich sehr, wenn er das hört.«

»Nun, Ehre, wem Ehre gebührt. Ohne die Blutstropfen auf dem Tisch stünden wir tatsächlich ohne Verdächtigen da.«

»Wollen wir hoffen, dass das kein Trend wird«, murmelt Sophie, die amüsiert auf ihr Handy blickt.

»Was meinst du?«, hakt Thomsen skeptisch nach.

»Nun, das Internet ist schnell. Die ersten Cartoons sind schon online . . .«

»Wovon redest du?« Svenja kommt neugierig näher,

um einen Blick auf Sophies Handy zu erhaschen.

Auf einer Comiczeichnung, die mit *Helden von heute* übertitelt ist, sind zwei Frauen in High Heels zu sehen, die sich mächtig für eine Party aufgestylt haben. Während die eine schon zur Türklinke greift, guckt die andere in ihre Handtasche. *Moment*, sagt sie in ihrer Sprechblase, *erst noch checken, ob wir alles haben: Handy, Lippenstift, Kondom, Gabel . . .*

Svenja prustet nun ungeniert los und reicht das Smartphone an Jasper weiter, der sich vor Lachen prompt an seinem Kaffee verschluckt.

»Maike hat mir auch so 'n Bildchen geschickt«, gibt Thomsen nun zu und präsentiert ein Foto auf seinem Handy. Es ist bloß eine Gabel darauf abgebildet, sonst nichts. Darunter steht in reißerischen Lettern: *Nur 99 Euro – besser als jedes Schweizer Messer.*

Nachdem die Lachsalven wieder verklungen sind, möchte Svenja wissen, wie die Vernehmung von Olaf Bergen verlaufen ist. »Was sagt dieser Hater? Hat er gestanden?«

»Nee, der braucht noch ein bisschen Bedenkzeit, hat 'nen Anwalt verlangt«, berichtet Thomsen. »Finde raus, welcher Anzugträger seinen Fall übernimmt und schick ihn morgen früh als Erstes zu mir.«

»Zu dir?«, fragt Svenja überrascht.

»Ja, zu mir. Der Bergen war jener von den sechs Maskierten, der am längsten in der Kneipe blieb. Laut Peet hat er 'ne Weile gebrüllt, bis er den Mut aufbrachte, sich loszureißen, da waren die anderen längst wieder davongestürmt. Daher ist die Chance recht hoch, dass Bergen unseren Promi-Rapper nicht zu Tode geprügelt hat.«

»Weil der noch angetackert war, als die anderen auf

das Opfer einschlugen«, sagt Jasper nun mit einem Gesichtsausdruck, als ob ihm soeben ein Licht aufgegangen wäre.

»Richtig. Deshalb dachte ich, sein Anwalt könnte ihm verklickern, dass wir in erster Linie einen Mord aufklären wollen . . .«

»Sehr schlau«, erklärt Jasper voll Bewunderung. »Du willst ihn dazu bringen, die anderen zu verraten.«

»Gut geschnallt, mein Lieber.« Thomsen klopft ihm väterlich auf die Schulter. »Und jetzt werde ich mit dem Petersen Mittagessen gehen und mich an seinem Lobgesang erfreuen. Habt Ihr auch etwas Nettes vor?«

»Klar«, erwidert Sophie und zieht ihre Brauen zusammen. »ShEGs Manager wurde für dreizehn Uhr einbestellt, wir beginnen daher in zwei Minuten mit seiner Vernehmung.«

»Sehr löblich. Nun denn, viel Erfolg, meine Lieben.«

Thomsen nimmt gut gelaunt seine Jacke vom Haken und entschwindet beinahe tänzerisch aus dem Großraum.

# 30

Max Gröbig wartet bereits in einem der freundlicheren Vernehmungsräume. Neben Tageslicht und Pflanzen, die schlechte Pflege verzeihen, findet sich hier auch ein Kaffeeautomat.

An diesem bedient sich Gröbig gerade, als Sophie und Jasper den Raum betreten.

»Oberkommissarin Meerkatz, das hier ist mein Kollege, Kommissar Hinrichs«, übernimmt Sophie die Vorstellung.

»Max Gröbig, aber das wissen Sie ja.« Er streicht sich eine Haarsträhne aus der Stirn und setzt sich mit seinem Kaffeebecher an den Vernehmungstisch. »Gratulation, übrigens.«

»Danke, wofür?«, hakt Sophie nach, während sie den Mann in dem italienischen Maßanzug interessiert betrachtet. Aus den Unterlagen, die Svenja ihr zusammengestellt hat, weiß sie, dass er zweiundvierzig Jahre alt ist. Auge in Auge kommt er ihr jedoch jünger vor, was an seiner dynamischen Ausstrahlung liegen könnte. Oder an seinen Haaren, die ein wenig zu lang sind und ihn daher recht jugendlich wirken lassen.

»Zur gelungenen Verhaftung.« Er zieht sein Handy

aus der Tasche und tippt aufs Display. »Ich erhalte alle Meldungen zu ShEGs Tod sofort aufs Handy. Hab ich so eingestellt.«

»Aha. Haben Sie ihn immer so genannt?«, fragt Sophie.

»Äh . . . Sie meinen ShEG?«

»Ja.«

»Natürlich. Alle nannten ihn so«, erklärt er nun mit einer Selbstverständlichkeit.

»Manche nannten ihn Erck.«

»Ach so, nee. Erck war 'n unbedeutender kleiner Junge. Es war ShEG, der Millionen in die Kasse spülte.«

»Nur darauf kam es Ihnen an?«

»Nun ja, worauf sonst sollte es mir als Manager ankommen? Ich habe ihn zu einem Star gemacht, zu einem mehrfachen Millionär. Das wünscht sich doch jeder von seinem Manager, oder etwa nicht?«

Nachdem Sophie bloß mit einem abwartenden Schweigen reagiert, nimmt er Jasper ins Visier.

»Sie sind auch ein junger Mann. Was meinen Sie? Wären ein paar Millionen nicht klasse?«

»Hm . . . schon . . .«

»Können Sie singen?«

»Äh . . .« Jasper blickt nun verdutzt zu Sophie hinüber, doch die bleibt weiter abwartend.

»Kommen Sie schon, das ist doch 'ne einfache Frage. Können Sie singen?«, insistiert Gröbig mit einem auffordernden Lächeln.

»Nun ja, also so für'n Hausgebrauch schon, ich sing meiner Tochter jeden Abend etwas vor . . .«

»Lassen Sie mal hören!«

»Wie bitte?«

»Ja, singen Sie mal . . . Smoke on the water . . .«, dröhnt Gröbig mit einer Stimme, die den Raum ausfüllt.

»Smoke on the Water . . .«, gibt nun auch Jasper zum Besten.

»Sehen Sie? Singen kann fast jeder, und wenn man mal daneben liegt, gibts ‘ne Software, die das korrigiert.«

»Ach . . . ja?« Jasper kratzt sich ein wenig irritiert hinter dem Ohr. Er würde nur zu gern wissen, worauf dieses Gespräch hinauslaufen soll.

»Trotzdem verdienen Sie keine Millionen. Und Sie auch nicht«, wendet er sich nun an Sophie. »Sie haben keine Ahnung, wie viel Arbeit das ist – jemanden rauszubringen. Und ihn dann an der Spitze zu halten.«

»Muss hart für Sie gewesen sein, als ShEG Sie vor einem Jahr einfach feuerte«, legt Sophie den Finger genau auf den wunden Punkt.

Prompt nimmt der Manager eine Abwehrhaltung ein. »Er hat mich nicht gefeuert.«

»Wir haben etwas anderes gehört.«

»Er wollte bloß ‘ne künstlerische Pause. Um nicht auszubrennen, ist ja auch gar nicht mal so unvernünftig«, bemüht er sich nach Kräften, die Situation zu relativieren.

»Aber schlecht fürs Einkommen, nicht wahr? Nicht nur für seines, auch für Ihres«, stichelt Sophie weiter.

»Worauf wollen Sie hinaus?«

»Dass Sie wegen seiner *künstlerischen Pause* extrem angepisst waren.«

»Klar war ich darüber nicht glücklich. Aber manche Dinge sind nun mal nicht zu ändern. Wenn jemand in sein Verderben laufen will, ist es nicht immer möglich, ihn daran zu hindern.«

»Sie haben es versucht?«

»Selbstverständlich habe ich es versucht. Er war mein bestes Pferd im Stall – jeder an meiner Stelle hätte alles gegeben, um ihn wieder zu motivieren.«

»Wie lange haben Sie es versucht?«

»Bis vor drei Monaten ungefähr. Dann ließ ich es bleiben, weil mir die Veranstalter wegbrachen«, erklärt Gröbig und seine Miene verfinstert sich.

»Sie meinen, wegen der Hater?«, hakt Jasper nach.

»Ja, die sind eine Pest. Haben ständig überall Druck und schlechte Stimmung gemacht, die Veranstalter mit E-Mails zugespamt . . . da war alles dabei: Beleidigungen, Drohungen . . . die ganze Palette.«

»Das heißt, selbst, wenn ShEG wieder gewollt hätte, wäre er schwer vermittelbar gewesen?«

»Richtig. Man kann sich gar nicht vorstellen, wie massiv dieses Gesindel ihm geschadet hat – diese Scheißkerle, die haben ihm überall aufgelauert, haben sein Leben zur Hölle gemacht.«

»Woher wissen Sie das?«

»Weil wir über Social Media verlinkt sind. Da habe ich die Anfeindungen miterlebt, und als sein Manager auch selbst einiges abbekommen. Hin und wieder haben wir auch telefoniert. Da hat er mir einiges erzählt.«

»Sie hatten also nach wie vor Kontakt?«

»Ja. Ich fragte immer wieder mal nach, wie es ihm geht, und ob er an neuen Songs schreibt.«

»Und? Tat er?«, will Sophie wissen.

»Nee, keine Chance. Seit der Trennung von Bernadette war er ein psychisches Wrack. Hat den ganzen Zweck seines Daseins hinterfragt, kam morgens kaum mehr aus dem Bett. Die Angriffe der Hater gaben ihm dann den Rest. Er verkroch sich bloß noch. Deshalb haben wir auch schon länger nicht mehr telefoniert.« Auf Gröbigs Stirn hat sich nun eine steile Falte gebildet.

»Hm«, macht Sophie und sieht den Mann in dem teuren Maßanzug nachdenklich an. »Wo waren Sie eigentlich Freitagabend?«

»In Hamburg. Mit zukünftigen Klienten essen.«

»Wir müssen das nachprüfen«, erklärt sie umgehend und schiebt ihm ein Blatt Papier zu. »Wenn Sie so nett wären, die Namen und Kontaktdaten zu notieren?«

Gröbig nickt ergeben.

»Das steht Ihnen natürlich frei, aber . . . aufgrund der Berichterstattung in den Medien dachte ich, Sie hätten den Mörder bereits.«

»Ja, das hoffen wir sehr«, gibt Sophie unumwunden zu. »Wir sind aber von Gesetzes wegen verpflichtet, in alle Richtungen zu ermitteln.«

# 31

Als Sophie und Jasper in den Großraum zurückkehren, treffen sie ihren Chef und Svenja bei einer Kaffeepause an. Auf Svenjas Schreibtisch wurde ein Tablett mit Käsekuchen abgelegt, das Jasper sofort ins Auge springt.

»War Maike hier?«, fragt er und seine Augen beginnen zu leuchten.

»Bei deinem Scharfsinn solltest du Ermittler werden«, spottet Svenja.

Jasper überlegt eine entsprechende Erwiderung, doch die Freude über die unverhoffte Köstlichkeit überwiegt und so schiebt er sich lieber ein großes Stück Käsekuchen in den Mund.

»Wie war die Vernehmung des Ex-Managers?«, will Thomsen wissen.

»Nun, er hoffte offenbar bis zum Schluss, ShEG als Klienten zurückzugewinnen«, berichtet Sophie. »Für ihn war er ein goldenes Kalb.«

»Das er freiwillig nicht selbst geschlachtet hätte?«

»Diesen Eindruck vermittelte er jedenfalls. Und er hat Jasper zum Singen gebracht.«

»Nee, oder?«, kichert Svenja.

»Smoke on the water«, gibt Sophie nun mit ihrer männlichsten Stimme zum Besten, wobei sie sich selbst mit der Luftgitarre begleitet.

Thomsen hebt interessiert die Brauen und Jasper muss es widerspruchslos – und mit hochrotem Kopf – hinnehmen, da er den Mund mit Kuchen voll hat.

Sophie zeigt mit ihren Fingern eine Spanne von einem Zentimeter.

»Er ist so knapp an einem Plattenvertrag vorbeigeschrammt. Letztlich ist es nur an seiner Bereitschaft zur Glatze gescheitert.«

Während Thomsen nun skeptisch zwischen seinen Leuten hin und her sieht, amüsiert Svenja sich prächtig.

Jasper schluckt endlich und spült mit Kaffee nach.

»Warum redest du so viel Quatsch?«, beschwert er sich bei Sophie.

»Also, ich bin überzeugt, du würdest wie 'ne Bombe einschlagen«, blödelt Svenja. »Wir könnten dich HaSP nennen – und mit Billi und mir hättest du die weltbesten Groupies am Start.«

Sie deutet das für Fans typische Headbanging an und Jasper muss nun doch mitlachen.

»Dieser Gröbig sagte tatsächlich, dass ich singen kann«, berichtet er stolz.

»Dann können wir von Glück reden, dass er nicht auf deiner Hochzeit war, Chef, sonst hätte er dich vom Fleck weg engagiert«, spielt Svenja auf das romantische Ständchen an, das Thomsen für seine Braut zum Besten gegeben hatte.

In das darauffolgende Gelächter platzt Petersen, der ohne jede Vorwarnung mitten im Raum steht und mit einem Blatt Papier wedelt.

»Feiert ihr schon? Hat der Verdächtige bereits

gestanden? Warum weiß ich nichts davon?«

Sein gekränkter Blick trifft Thomsen.

Doch jener winkt ab.

»Keine Sorge, Görg. Olaf Bergen ist verschlossen wie ‘ne Auster. Er hat nach einem Anwalt verlangt. Also schmort er bis morgen.«

»Ach so . . .«

»Was führt dich zu uns?«, fragt Thomsen nach.

Der Dienststellenleiter überreicht nun das Schriftstück, dem anzusehen ist, dass es aus dem Faxgerät kam.

»Der Beschluss für die Durchsuchung seines Hauses ist bei mir gelandet. Ich dachte, ihr wartet schon darauf, um loslegen zu können.«

»Klar«, reagiert Svenja blitzschnell. »Wir scharren schon in den Startlöchern.«

»Das freut mich zu hören«, meint Petersen und wirft beim Gehen einen irritierten Blick auf Jasper, der vom Lachen noch Tränen in den Augen hat.

# 32

Svenja freut sich unbändig darüber, endlich mal wieder aus dem Büro herauszukommen, und sie hält damit auch nicht hinter dem Berg.

»Ich bin echt froh, dich begleiten zu dürfen«, erklärt sie Sophie bereits zum dritten Mal, als sie den Dienstwagen vor der heruntergekommenen Reetdachkate des Verdächtigen einparkt. Im selben Moment trifft auch der Van des Spurensicherungsdienstes ein.

»Perfektes Timing«, lobt Sophie, während sie Plastikschützer über ihre Schuhe zieht.

Im Inneren der Kate ist es düster, aber nicht dunkel genug, um den schlechten Zustand der Behausung ignorieren zu können. Als die Kollegen des Spurensicherungstrupps ihre Lampen mit hunderten von Watt anmachen, wird das gesamte Ausmaß der Vernachlässigung sichtbar.

»Ihhh . . .«, ekelt sich Svenja und zieht sich Handschuhe über. »Das ist richtig versifft hier.«

»Und klebrig«, fügt Sophie hinzu, die versehentlich eine Stuhllehne berührte.

»Wir nehmen mal alles mit, wo Informationen gespeichert sein könnten«, erklärt Einsatzleiter Jochen Rambert und lässt ein Notebook und ein Mobiltelefon in den Van schaffen.

»Wonach suchen wir eigentlich?«, fragt Svenja flüsternd, um sich vor den Kollegen keine Blöße zu geben.

»Nach allem, was in irgendeiner Form auffällig ist – und nach den Kontoauszügen«, stellt Sophie klar.

Zwei Stunden später müssen sie einsehen, dass Olaf Bergen nichts in seinem Zuhause beherbergt, das diese Kriterien erfüllen würde. Abgesehen von ein paar wenigen abgegriffenen Pornomagazinen sind die Schränke und Regale hauptsächlich mit Computerzeitschriften, CDs und Wäsche gefüllt. Eine Ordnung ist nicht erkennbar. In jedem Raum liegen Lebensmittelvorräte wie Chips, Cola und Bier zwischen Kleidung und Haushaltsgegenständen. Besonders für Taschenlampen scheint Bergen eine Vorliebe zu haben, denn von denen liegen unzählige Exemplare herum.

»Das kann nicht alles sein«, murmelt Sophie enttäuscht. »Irgendwo müssen Waffen sein. Zumindest den Schlagstock, den er im *Klabautermann* benutzt hat, müssen wir finden.«

»Bleibt noch der Dachboden – oder der Keller«, meint Svenja. »Womit willst du beginnen?«

Sophie dreht sich suchend im Kreis.

»Von innen gibt es weder Zugänge nach oben noch nach unten«, murmelt sie. »Vielleicht haben wir von außen mehr Glück?«

Sie gehen das Haus nun an der Außenseite Meter für Meter ab und stoßen tatsächlich an der Rückseite auf eine Treppe, die zu einer niedrigen Tür hinabführt, welche mit einem Riegel und einem Vorhängeschloss gesichert ist.

Sophie lässt es von einem der Kollegen öffnen und stellt erfreut fest, dass hinter der Tür ein Lichtschalter angebracht ist.

Mit einem Klick liegt ein ganzes Waffenarsenal vor ihr. Das riesige offene Regal beherbergt alles, was ein gewaltbereites Herz begehrt: Von Schlagringen über Messer bis hin zu Handfeuerwaffen – und auch Schlagstöcke, die in Reih und Glied an Haken hängen. Im Gegensatz zum Rest des Hauses herrscht hier penibelste Ordnung.

Sophie lässt ihre Blicke noch weiter durch den Raum schweifen und entdeckt an der hinteren Wand einen geschlossenen Schrank. Als sie ihn öffnet, findet sie darin Handschellen, Pfeffersprays – und Strumpfmasken.

Mit einem zufriedenen Lächeln auf den Lippen winkt sie Svenja heran.

»Das nenne ich einen gelungenen Tagesabschluss.«

# 33

»Wie war dein Tag?«

Sophie schmiegt sich an Taako und küsst ihn leidenschaftlich.

»Heiß«, antwortet er mehrdeutig.

»Heiß, weil du den ganzen Tag an mich denken musstest, oder heiß, weil du einen Einsatz hattest?«

»Beides«, unterbricht Taako grinsend und entledigt sich seiner Jeans. »Eine Scheune ist abgebrannt. Wie auch immer das bei der derzeitigen Eiseskälte überhaupt möglich ist, und ja, ich geb's zu, ich musste tatsächlich auch an dich denken.«

Er schenkt zwei Rotweingläser voll und reicht ihr eines davon.

»Ich liebe unsere Montage!«

Sophie prostet ihm zu und knöpft in prickelnder Erwartung ihre Bluse auf. Sosehr sie die Wochenenden mit Nils genießt, so sehr freut sie sich auf den ersten Abend danach, wenn sie wieder allein zu zweit sind.

»Genau wie ich.« Taako hebt sie hoch und trägt sie zur Couch.

»Pass auf, ich will den Rotwein nicht verschütten.«

Sie lacht und hätte deshalb beinahe die Türklingel

überhört. Aber nur beinahe.

»Jemand ist an der Tür«, flüstert sie.

Taakos Mundwinkel gehen nach unten.

»Das kommt jetzt wirklich ungelegen. Ich hoffe nur, es ist nicht wieder meine Mutter.«

»Das hoffe ich auch«, seufzt Sophie. »Obwohl . . . in letzter Zeit hat sie sich eigentlich immer telefonisch angekündigt, also seit . . .«

»Seit sie uns in der Küche erwischt hat, meinst du?«, bringt Taako es auf den Punkt und schlüpft unwillig in seine Jeans. »Ich gehe nachsehen.«

»Vor der Tür stand ein unglaublich hübsches Wesen, das zu dir will«, flüstert er ihr zu, als er zurückkehrt. »Ich hab es hereingelassen.«

»Oh.« Sophie beeilt sich, ihre Bluse wieder zuzuknöpfen und rappelt sich von der Couch hoch.

Im selben Moment kommt eine junge Frau mit langem schwarzem Haar und tiefblauen Augen auf sie zu, die sich wie verzaubert im Kreis dreht.

»Sie haben so ein schönes Haus«, flötet sie verzückt. »Sogar mit Feuerwehrstange! Das ist so fantastisch. Ich fand schon immer, dass ein traumhaftes Ambiente auch auf die Person abfärbt.«

»Bernadette! Was machen Sie hier?«, stößt Sophie ein wenig brüsk hervor.

»Ich wollte Sie wiedersehen.«

Diese Worte, garniert mit einem treuherzigen Augenaufschlag, verfehlen ihre Wirkung nicht.

Sophie sucht nach Worten und Taako, der bereits auf dem Weg in die Küche war, dreht auf dem Absatz um und kommt äußerst interessiert wieder näher.

»Woher wissen Sie überhaupt, wo ich wohne?«,

bringt sie endlich heraus.

»Ich bin Ihnen gefolgt.«

»Sie sind mir gefolgt?« Sophie starrt ihre junge Besucherin nun fassungslos an.

»Es ist nicht so creepy, wie es sich anhört«, erklärt jene in beiläufigem Tonfall. »Ich wollte Ihnen etwas geben, deshalb fuhr ich zu Ihrer Dienststelle. Aber Sie stiegen gerade in Ihr Auto, als ich ankam, und da fuhr ich Ihnen eben hinterher.«

»Das war vor 'ner halben Stunde«, entgegnet Sophie immer noch aufgebracht.

»Ich weiß, aber mein Freund hat angerufen, er benötigt sehr viel Zuspruch, seit er krank ist, und es wäre doch gefühllos von mir gewesen, ihn abzuwimmeln. Ich denke, die halbe Stunde macht keinen Unterschied.« Sie öffnet ihr zierliches schwarzes Gucci-Handtäschchen, zieht etwas heraus und streckt es Sophie hin.

»Was ist das?«

»Ohrringe. Vermutlich aus Gold.«

»Das sehe ich«, erklärt Sophie ein wenig unwirsch. »Aber was soll ich damit?«

»Die habe ich gefunden«, erklärt Bernadette mit einem sinnlichen Lächeln. »In Ercks Bett.«

»Sie waren in Ercks Bett? Warum?«

»Ich hatte plötzlich dieses Bedürfnis, ihm noch einmal nahe zu sein, seine Gegenwart zu spüren, obwohl er jetzt der Vergangenheit angehört. Also habe ich Knut besucht, und er hat mich hineingelassen . . . Sie lieben Rotwein?«, fragt sie plötzlich und fixiert das Glas auf dem Couchtisch. »Das tu ich auch.«

Die Art und Weise, wie sie sich dabei über die

Lippen leckt, veranlasst Sophie, ihrem Liebsten einen irritierten Seitenblick zuzuwerfen, den jener allerdings völlig missinterpretiert.

»Darf ich Ihnen ein Gläschen anbieten?«, fragt Taako – ganz Gentleman – und macht eine einladende Bewegung Richtung Sofa.

Bernadette antwortet mit einem Lächeln, das ihr gesamtes Gesicht überstrahlt, und lässt sich auf unglaublich grazile Art und Weise darauf nieder.

Auf die erste Flasche folgt schon bald die zweite und nach der dritten wechselt man gut gelaunt vom formellen *Sie* zum vertraulichen *Du*. Die offenherzige und extravagante Art des ungewöhnlichen Gastes bringt Taako ständig zum Lachen. Auch Sophie entspannt sich wieder, trotz des Umstands, dass Bernadette sie offen umwirbt. Der Dank dafür gebührt dem Rotwein, der dafür sorgt, dass sie die Sache mit Humor nimmt. Das Mädchen hat zwar nicht alle Tassen im Schrank, aber auf eine sehr herzliche und charmante Weise.

*Nichts kommt von selbst.*
*Und nur wenig ist von Dauer.*

*Willi Brandt*

# DIENSTAG

# 34

»Sind das deine Ohrringe?«

Sophie hält Svenja die goldenen Stücke unter die Nase.

»Ach du meine Güte! Ja! Wo hast du sie gefunden? Ich habe gestern Abend meine Wohnung auf den Kopf gestellt.«

»In Ercks Bett.«

»Oh.« Svenja läuft rot an. »Das ist mir jetzt irgendwie peinlich.«

»Keine Sorge, außer mir wissen es bloß Taako und Bernadette.«

»Bernadette?«

»Ja, sie kam gestern überraschend zu mir nach Hause . . .«

»Das ist nicht dein Ernst!« Svenjas Augen werden groß und rund.

»Oh doch, und wenn es nach ihr gegangen wäre, auch in mein Bett.«

Svenja schlägt sich die Hand vor den Mund.

»Heilige Scheiße – aber hat die nicht einen Freund?«

»Doch, hat sie, aber das scheint sie nicht davon abzuhalten, nach weiteren Abenteuern Ausschau zu halten. Außerdem ist er erkältet, was offenbar für Bernadette bedeutet, sich auf telefonischen Kontakt zurückzuziehen.«

»Ich packs nicht«, flüstert Svenja immer noch verblüfft. »Und Taako, wie hat er reagiert?«

»Nun – es wirkte, als hätte er die Situation sehr genossen. Die traurige Wahrheit ist wohl, dass ich von uns dreien die Spielverderberin war.«

»Kaffee fertig?« Thomsen steckt seinen Kopf zur Tür herein und mustert seine verschwörerisch flüsternden Mitarbeiterinnen eindringlich.

»Klar Chef«, zwitschert Svenja und steckt sich ihre Ohrringe an. »Ich bring dir 'ne Tasse.«

Doch Thomsen denkt gar nicht daran, sich wieder zurückzuziehen. Stattdessen kneift er die Augen zu Schlitzen zusammen und fixiert seine Oberkommissarin.

»Meerkatz, Meerkatz . . . welches Geheimnis hat dir bloß diese Röte ins Gesicht gezaubert?«

* * *

Rechtsanwalt Gunnar Fitsch, seines Zeichens Pflichtverteidiger von Olaf Bergen, nimmt die Akte seines Mandanten von Thomsen entgegen und hört sich mit stoischer Miene dessen Vorschläge an.

»Ich darf Sie mit allem gebührenden Respekt darauf hinweisen, dass ich *sein* Anwalt bin, nicht Ihrer«, lässt er den Hauptkommissar anschließend wissen.

»Das ist mir klar, aber Ihr Mandant ist nun mal der Einzige der sechs Maskenmänner, den wir erwischt haben. Wenn er nicht gegen seine Mittäter aussagt, wird er auch der Einzige sein, der wegen Mordes vor Gericht steht.«

»Seltsam – laut Polizeibericht war mein Mandant mit seiner Hand an ‘nem Tisch fixiert«, wendet der Anwalt ein. »Das muss aber ‘n sehr langer Schlagstock gewesen sein, mit dem er das Opfer am Bootssteg verprügelt hat.«

»Er hat sich losgerissen«, knurrt Thomsen, »Sie müssen bloß weiterlesen. Steht ‘ne Zeile drunter. Nachdem Bergen vorbestraft ist, wird er so und so wieder in den Knast wandern. Die Frage ist nur, für wie lange. Eine Zusammenarbeit mit uns würde ihm auf jeden Fall zugutekommen.«

Nachdem Gunnar Fitsch zu diesem Vorschlag schweigt, erhebt sich Thomsen, um zu signalisieren, dass die Unterhaltung beendet ist.

»Ihr Mandant wartet bereits im Vernehmungszimmer, Sie können sich mit ihm vorbesprechen. Lassen Sie es mich wissen, wenn er für ein konstruktives Gespräch bereit ist.«

# 35

Als Sophie hinter ihrem Chef den Vernehmungsraum betritt, registriert sie, dass Olaf Bergen heute keinen Deut besser aussieht als gestern. Im Gegenteil, seine Bartstoppeln sind über Nacht gesprossen und von dem Angebot, eine Dusche zu nehmen, hat er offenbar keinen Gebrauch gemacht.

Seine finstere Miene steht in krassem Gegensatz zur guten Laune des Hauptkommissars.

»Wir möchten Sie heute zum Mordfall des weithin bekannten Rappers namens ShEG vernehmen«, leitet Thomsen die Befragung ein.

»Weiß ich. Kann ich 'n Kaffee bekommen?«

»Warum nicht?«, gibt sich Thomsen großzügig und greift zum Telefon. »Bringen Sie uns bitte vier Kaffee und ein paar Friesenkekse.«

Anschließend lehnt er sich entspannt zurück und sieht eine Weile zwischen dem Verdächtigen und seinem Anwalt hin und her.

»Warum haben Sie Deutschlands Meisterrapper umgebracht?«

»Was? Quatsch. Das war ich nicht«, wehrt Bergen sich sofort.

»Nun gut, dann erzählen Sie uns Ihre Version der Geschichte«, bietet Thomsen an.

Der Verdächtige wechselt nun einen kurzen Blick mit seinem Anwalt und beginnt nach mehrmaligem nervösen Räuspern ein wenig stockend über den fraglichen Freitagabend zu berichten.

»Wir hatten uns um zweiundzwanzig Uhr verabredet. Wir wussten, ShEG würde im *Klabautermann* anwesend sein, und wir wollten deshalb den Laden ein wenig aufmischen.«

»Mit *aufmischen* meinen Sie, alles kurz und klein schlagen, das Mobiliar ebenso wie die Gäste?«

»Nee, bloß ‘n bisschen Radau machen eben – aber die Leute dort waren unglaublich aggressiv. Ich wurde sofort von so ‘nem Penner in die Hand gestochen.«

»Das ist bedauerlich«, brummt Thomsen und verkneift sich jegliche Gemütsregung.

»Genau in das Loch, in dem die Warze war?«, fragt Sophie mit einem breiten Grinsen.

Bergen richtet seinen finsteren Blick nun auf sie.

»Ja«, knurrt er. »Und das war‘s dann auch für mich. Ich war dort aufgespießt. Das war ein Albtraum. Ich konnte mich erst losreißen, als alle anderen schon weg waren und bin direkt zu meiner Karre gelaufen.«

»Alles klar, aber Fakt ist, Sie haben sich dort mit anderen Männern zu einer Straftat verabredet«, stellt Thomsen klar. »Wenn Sie irgendeine Art milderer Behandlung wollen, müssen Sie uns die Namen der anderen nennen.«

»Die weiß ich doch nicht!«

»Das ist schwer vorstellbar, immerhin hatten Sie sich verabredet«, insistiert Thomsen.

»Bloß über die Chatfunktion. Ich hab keine Ahnung,

wie die Kerle mit richtigem Namen heißen.«

»Okay, dann geben Sie uns die Zugangsdaten für Ihren Account.«

»Sicher nicht.« Bergen verschränkt die Arme vor der Brust und lehnt sich zurück.

»Denken Sie nach, im Knast können Sie ihn ohnehin nicht nutzen, und wenn Sie wieder raus sind, können Sie sich 'nen neuen anlegen. Im Gegenzug lassen wir den Angriff auf den Beamten bei der Festnahme fallen, das erspart Ihnen mindestens ein Jahr.«

»Okay«, lenkt Bergen nach einigen Minuten Bedenkzeit ein und Thomsen schiebt ein Blatt Papier und einen Stift über den Tisch.

»Was mich noch interessieren würde, warum haben Sie sich so in den Hassgruppen gegen ShEG engagiert?«

Bergen zieht seine Augen nun zu Schlitzen zusammen. »Haben Sie seine Texte gehört? Der Typ war echt Abschaum!«

»Ja, hab ich, und sie unterscheiden sich nicht von den Texten anderer Rapper. Die gewinnen alle keine Literaturpreise. Also warum er?«

»Sagte ich grad. Ich fand seine Texte Scheiße . . .«

Das Klopfen an der Tür ist eine willkommene Abwechslung. Nicht nur der Verdächtige, auch Thomsen freut sich auf eine Tasse Kaffee. Doch anstelle eines Kollegen, der ein Tablett hereinbringt, tritt Jasper ein und winkt seinen Chef nach draußen.

»Ich hab hier Bergens Kontoauszüge, die Bank hat sie soeben gefaxt«, berichtet er eifrig.

»Und?«

»Ich dachte, ich bring sie dir.«

»Weil?«

»Ach so, ja, da ist 'ne ziemlich große Transaktion drauf zu sehen«, berichtet Jasper. »Bergen hat vor 'nem halben Jahr zehntausend Euro erhalten.«

»Oha. Von wem?«

»Von einer Firma namens *Friesland Audio GmbH*. Ich hab sie gecheckt. Der alleinige Eigentümer heißt Max Gröbig.«

»Sieh einer an. Der enttäuschte Manager.« Das Lächeln auf Thomsens Gesicht breitet sich ganz von selbst aus. »Schaff den Mann sofort her – und ich quetsche in der Zwischenzeit unseren Maskenmann aus – in zehn Minuten weiß ich, was es mit diesem Geld auf sich hat.«

# 36

Ein wenig zu optimistisch war die Einschätzung des Hauptkommissars wohl, letztendlich dauerte es beinahe zwei Stunden, bis der Verdächtige mit der Wahrheit herausrückte. Immerhin rechtzeitig, bevor die neuerliche Vernehmung von Max Gröbig begann.

Der ehemalige Manager des ermordeten Rappers, der Thomsen und Sophie nun in dem fensterlosen Vernehmungsraum gegenübersitzt, ist deutlich nervöser als beim letzten Mal. Seine Großspurigkeit ist einer nervösen Fahrigkeit gewichen, was daran liegen könnte, dass ihn Beamte aus seinem Hamburger Büro ohne Wenn und Aber abgeführt hatten.

Er kratzt mit den Fingernägeln an seinen Hautunreinheiten im Gesicht herum und ist bemüht, seine Nervosität mit Empörung zu überspielen.

»Ich weiß überhaupt nicht, was dieses Vorgehen soll, und ich kann Ihnen versichern, das wird Konsequenzen haben«, beschwert er sich lautstark.

»Was die Konsequenzen betrifft, gebe ich Ihnen recht, die werden bitter«, erwidert Thomsen sachlich. »Wir verhaften Sie mit dem Vorwurf, die Ermordung von Erck Schwarting alias ShEG in Auftrag gegeben zu haben.«

»Was?«

Sämtliche Farbe schwindet aus Gröbigs Gesicht, gleichzeitig umklammert er mit beiden Händen die Tischkante.

»Ich sagte, wir verhaften Sie mit dem Vorwurf, die Ermordung von Erck Schwarting alias ShEG in Auftrag gegeben zu haben«, wiederholt Thomsen seelenruhig. Wenn es nach ihm ginge, könnte er den Satz noch zig weitere Male wiederholen, solch eine Befriedigung verschafft es ihm, diese Worte auszusprechen.

»Das habe ich verstanden . . .«, bringt Gröbig mühsam heraus, »aber warum wollen Sie mir das anhängen?«

»Niemand hängt Ihnen irgendwas an. Ganz im Gegenteil – wir haben die Wahrheit herausgefunden. Das nennt man Ermittlungserfolg.«

»Nein, das ist Bullshit. Ich rufe jetzt sofort meinen Anwalt an.«

»Bitte.« Thomsen lehnt sich entspannt zurück und beobachtet seinen Gesprächspartner aufmerksam. Je länger der Mann in dem teuren Anzug sich das Handy ans Ohr hält, desto stärker zucken seine Mundwinkel.

»Er geht nicht ran«, stöhnt Gröbig, legt auf und tippt verzweifelt eine Nachricht.

»Ist er ebenfalls aus Hamburg?«, fragt Thomsen interessiert.

»Ja, warum?«

»Dann wird das heute nichts mehr. Es ist schon siebzehn Uhr, er wird unmöglich bis achtzehn Uhr hier sein. Also lassen wir Sie jetzt in Ihre Zelle bringen und verschieben die Befragung auf morgen.«

Er erhebt sich demonstrativ, um seinen Worten Nachdruck zu verleihen.

»Zelle?«

Sophie, die ebenfalls aufsteht, beobachtet anhand seines Mienenspiels, wie viel Angst dieses Wort bei ihm auslöst.

»Sie können nicht . . . ich kann nicht . . .«, beginnt er panisch zu stottern. »Bloß keine Zelle . . . ich habe Klaustrophobie, ich halte das nicht aus . . .«

»Sie können für diese Befragung auch auf einen Anwalt verzichten«, meint Thomsen listig. »Dann setz' ich mich wieder hin und Sie haben die Möglichkeit, uns Ihre Sicht der Dinge zu erzählen.«

»Okay, ja, in diesem Fall verzichte ich auf den Anwalt – ich möchte die Befragung sofort hinter mich bringen.«

»In Ordnung.«

Wie angekündigt, nimmt Thomsen wieder Platz und zieht ohne weitere Worte die Kontoauszüge, die ihm heute schon einmal gute Dienste geleistet hatten, aus der Tasche.

»Erklären Sie mir bitte die Überweisung von zehntausend Euro am 6. Oktober letzten Jahres auf das Konto von Olaf Bergen.«

»Hm . . . da müsste ich nachsehen«, versucht Gröbig auszuweichen.

»Dann verschieben wir diese Befragung doch auf morgen?«

»Äh . . . nein, es fällt mir sicher wieder ein. Olaf Bergen . . . was steht denn auf dem Kontoauszug? Ah, Honorarnote, ich denke, das war für eine Audiobearbeitung. Ja, richtig, jetzt weiß ich es wieder, wir haben einige Songs neu mixen und mastern lassen.«

»Von einem vorbestraften Automechaniker, der weder ein Studio noch die entsprechenden Hightech-Geräte hat?«, hakt Sophie nach.

»Hm, ja. Das ist doch nicht verboten. Er kann es gut und ich habe ihn meine Geräte benutzen lassen.«

»Ja, das Gleiche hat uns der Herr Bergen auch erzählt«, erwidert Thomsen mit einem milden Lächeln, woraufhin ein Anflug von Erleichterung in der Mimik des Managers erkennbar ist. »Allerdings ist er – nachdem wir ihm den Ernst der Lage klargemacht haben – dann doch noch mit der Wahrheit um die Ecke gekommen. Nun haben wir eine Aussage auf dem Tisch, wonach Sie ihn beauftragt haben, ShEG zu töten.«

»Was? Aber das ist doch . . . wieso behauptet er das? Ich habe nie – niemals – so etwas verlangt. Ich wollte bloß . . .« Gröbig schlägt in seiner Verzweiflung beide Hände vors Gesicht.

»Sie wollten bloß was?«, fragt Thomsen, der sich freut, dass sein erlogenes Schauermärchen ihn nun der Wahrheit ein wenig näherbringt.

»Ich wollte ShEG bloß in den Arsch treten! Sie müssen das verstehen, der Typ war so 'ne Diva! Ich hab mich Tag und Nacht abgerackert, Konzerte organisiert, geplant und wieder umgeplant, dazu die Werbekampagnen, niemand hat sich je so für ihn ins Zeug gelegt wie ich . . . und dann sagt er plötzlich, er nimmt sich 'ne Auszeit. Einfach so . . . 'ne Auszeit! Die Hälfte der Konzerte hat er mir abgesagt, können Sie sich das vorstellen? Mit den immer gleichen Worten . . . er braucht Ruhe und muss sich selbst finden . . . ich dachte, okay, zwei Wochen, einen Monat vielleicht, aber es hörte nicht mehr auf. Nach einem halben Jahr riss mir dann der Geduldsfaden. Ich gestehe, ich habe Bergen beauftragt, eine Social-Media-Kampagne anzuleiern, die ihm klarmacht, dass er 'ne faule Sau ist, und dass seine Fans nicht auf sowas stehen. Ich wollte ihm wirklich bloß Dampf machen, er sollte wieder anfangen zu arbeiten – der Idiot ließ Millionen liegen!«

»Aber diese Social-Media Sache lief aus dem Ruder?«, rät Sophie.

»Ja.« Gröbig nickt grimmig. »Der Schuss ging total nach hinten los. Als die Vorwürfe im Netz wegen Faulheit auftauchten, gab ShEG einen blöden Kommentar nach dem anderen ab, die Sache schaukelte sich hoch und diese ganze Hater-Szene entwickelte ein Eigenleben. Das war eine Katastrophe. Bergen, dieser Stümper, war nicht fähig, diese Lawine wieder zu stoppen.«

»Die Geister, die ich rief«, sinniert Thomsen.

»Wie bitte?«

»Nichts, bloß ein Goethezitat.«

»Kenn ich nicht.« Gröbig stützt seinen Kopf in beide Hände und starrt auf die Tischplatte.

»Olaf Bergen hat nicht versucht, die Meute aufzuhalten, er war bei der Attacke auf ShEG dabei«, kommt Sophie wieder auf das Thema zurück.

Doch der Manager schüttelt den Kopf.

»Nee, war er nicht, er war bloß dabei, um die anderen im Zaum zu halten. Das war alles, was er noch tun konnte. Er sollte in meinem Auftrag sicherstellen, dass ShEG nicht zu Schaden kommt. Aber irgendein Vollpfosten hat ihn mit einer Gabel an einem Tisch festgetackert. Das hat ihn verständlicherweise abgelenkt, und so hat er ShEG aus den Augen verloren.«

»Und bis er sich überwinden konnte, sich loszureißen, war ShEG längst aus dem Lokal geflüchtet und in der Dunkelheit nicht mehr zu finden, nicht wahr?«, übernimmt Thomsen, der genau das Gleiche vorhin von Bergen zu hören bekommen hatte.

»Genau«, pflichtet Gröbig ihm bei. »Sie müssen mir glauben, ich wollte ihn schützen. Sein Tod ist für mich der finanzielle Super-Gau, das hätte ich niemals gewollt.«

Er schiebt nun freiwillig sein Handy über den Tisch.

»Sehen Sie nach, sehen Sie sich die Korrespondenz zwischen Olaf Bergen und mir an. Ich habe mehrmals betont, wie wichtig es mir ist, dass ShEG nichts passiert.«

Thomsen winkt ab.

»Diese Nachrichten kenne ich schon. Bergen hat sie mir auch gezeigt. Fakt ist, dass Sie da Länge mal Breite mit drin hängen. Wir werden Sie daher auf jeden Fall eine Weile hierbehalten.«

»Nein!« Gröbig springt panisch hoch. »Keine Zelle! Ich tu alles, was Sie verlangen. Wollen Sie meinen Pass? Kein Problem. Soll ich mich jede Stunde melden? Mach ich auch. Ich nehm mir ein Zimmer im Hotel gegenüber, auch wenn es mich den letzten Cent kostet. Aber bitte keine Zelle.«

Gröbig, der panisch an seiner Krawatte nestelt, beginnt zu hyperventilieren.

Sophie legt Thomsen ihre Hand auf den Unterarm.

»Ich habe neue Infos«, flüstert sie. »Gehst du mal kurz mit mir raus?«

Draußen auf dem Gang hält Sophie mit ihrer

Meinung nicht hinterm Berg.

»Rüde, bitte, lass diesen Menschen im Hotel übernachten, bevor er sich einnässt. Er hat doch vollständig mit uns kooperiert. Seine Aussage stimmt mit der von Bergen überein und wir haben die WhatsApp Nachrichten, die alles bestätigen. Er hat für ‘ne virtuelle Schmutzkübelkampagne bezahlt und nicht für einen körperlichen Angriff oder gar Mord – und er hat immerhin versucht, den Schaden, den sein idiotischer Auftrag anrichtete, zu minimieren.«

»Sie könnten das so abgesprochen haben, für den Fall, dass sie auffliegen«, wendet Thomsen ein.

»Möglich«, gibt Sophie zu, »aber Gröbig zieht Null Nutzen aus ShEGs Tod, ganz im Gegenteil – und dieser Bergen wirkt für so ‘ne Absprache eigentlich zu dämlich.«

»Hm . . . na schön, ich lass ihn vom Haken. Was ist denn nun die neue Info?«, wechselt Thomsen das Thema.

Sophie zieht ihr Handy aus der Tasche.

»Bernadette Walter hat mir eine Nachricht geschickt, sie hat ShEGs Testament gefunden und es steckt voller Überraschungen.«

»Ach nee, ‘ne Nachricht von Bernadette«, kommentiert Thomsen nun mit einem süffisanten Unterton. »Zeig doch mal her.«

Sie öffnet den Chatverlauf und lässt ihren Chef die Nachricht lesen.

»Mit Herzchen am Ende?«, fragt er und das Grinsen in seinem Gesicht sagt alles.

Sophie zuckt mit den Schultern.

»Sie mag mich eben.«

# 37

»Thomsens Sohn Peet hat ausgerechnet jenen Maskenmann mit der Gabel aufgespießt, der ShEG hätte retten können?«

Svenja bleibt vor Erstaunen der Mund offen stehen.

»Psst . . .«, macht Sophie und schließt die Küchentür. »Wir sollten das weder so deutlich, noch so laut aussprechen. Ich befürchte, der Rüde könnte da empfindlich reagieren.«

»Das glaub ich sofort. Wer will schon, dass sein einziges Kind vom strahlenden Helden zum tragischen Verhinderer mutiert?«

Ohne Vorwarnung steckt Jasper den Kopf zur Tür herein.

»Was wispert ihr da?«

»Menstruationsgeschichten«, flunkert Svenja, »willst du Details?«

»Äh, nein, ich wollte bloß sagen, dass diese Bernadette hier ist. Sie fragt nach dir, Sophie. Und . . .«

»Und was?«, hakt Sophie nach.

»Ihr Outfit . . . du wirst schon sehen, ich weiß gar nicht, wo ich hingucken soll . . .«

Als Sophie den Großraum betritt, verwundert sie Jaspers Irritation kein bisschen – und auch nicht, dass ihr Chef sich mit einer Pobacke an dessen Schreibtisch niedergelassen hat, um sich im Small Talk zu üben.

Bernadette trägt zwar einen Hosenanzug, allerdings ist der schwarze Stoff an den Stellen, wo es drauf ankommt, annähernd transparent, und so sieht man auf den ersten Blick, dass sie auf einen BH verzichtet hat.

Sie begrüßt Sophie mit einem begeisterten Juchzen, schmiegt sich an sie und küsst sie auf beide Wangen.

Thomsen, der dem Schauspiel mit unverhohlenem Interesse beiwohnt, ist so fasziniert, dass er nicht einmal versucht, sich unauffällig zu verhalten.

»Ich habe so wunderbare Neuigkeiten«, flötet Bernadette, »mein geliebter ShEG war ein Engel, schon als er noch auf Erden war.«

»Was hat er getan?«, fragt Sophie, nachdem sie sich aus der innigen Umarmung befreit hat.

»Er hat mich in seinem Testament bedacht, stell dir vor! Das ist so lieb von ihm!«, verkündet Bernadette und dreht sich euphorisch im Kreis.

»Oh«, macht Sophie überrascht. »Du erbst jetzt seine Millionen?«

»Nee, bloß eine. Und die Umma auch eine. Aber ist das nicht trotzdem fantastisch?«

Ihre strahlend tiefblauen Augen klimpern mit so viel Begeisterung, dass Sophie gar nicht anders kann, als sich mit ihr zu freuen.

Thomsen, der sich mittlerweile wieder im Griff hat, tritt beherzt auf die beiden zu.

»Wer erbt den Rest?«, fragt er neugierig.

Bernadette dreht sich mit ihrem strahlenden Lächeln zu ihm um.

»Der Knut Arfsten.«

# 38

Nachdem auf dem Testament, das Bernadette Walter bereitwillig übergeben hat, auch der ausstellende Notar vermerkt wurde, verschwendet Thomsen keine Zeit, sondern greift sofort zum Hörer, um bei Dr. Stefan Rackedill nachzufragen.

Leider erreicht er bloß dessen Anrufbeantworter, der ihm mitteilt, dass sein Versuch, den Notar außerhalb der Bürozeiten zu erreichen, nicht von Erfolg gekrönt ist.

»Mist«, flucht er lauthals. »Ich würde zu gerne heute noch wissen, ob dieses Testament echt ist!«

»Ich auch«, pflichtet Bernadette ihm bei. »Aber ich glaube fest daran, warum sollte ShEG ein falsches Testament in seinem Geheimfach aufbewahren?«

Thomsen hebt bei diesen Worten eine Augenbraue. »In seinem Geheimfach? Wo genau war das?«

»Eine Planke ist lose, unter dem Bett. Da steckte er Dinge hinein, die er verstecken wollte.«

»Dinge, die er verstecken wollte? Waren da noch mehrere?«, fragt er nach, während er sich bemüht, sich seinen Ärger darüber, dass die Kollegen von der SpuSi dieses Versteck übersehen hatten, nicht anmerken zu lassen.

»Nein, da war nur das Testament. Früher hatte er da diverse Pillen drin . . .«

»Aha . . . nun, danke Frau Walter.«

»Gern geschehen.« Sie reicht ihm grazil die Hand und wendet sich suchend nach Sophie um. »Hast du Lust auf einen Drink am Hafen? Oh, bitte, sag ja – ich möchte dich so gern einladen!«

»Lieber ein anderes Mal, wir haben hier noch so viel Arbeit«, zieht sich Sophie höflich, aber bestimmt aus der Affäre. »Svenja, kannst du bitte so lieb sein und Frau Walter hinausbegleiten?«

»Aber sicher«, säuselt jene mit breitem Grinsen und hält der zierlichen Femme fatal die Glastür auf. »Hier entlang bitte.«

»Wie kriegen Sie Ihre Haare so wundervoll goldblond?«, fragt Bernadette, als sie die Treppe hinabgehen.

»Die sind so«, lacht Svenja, »da muss ich nichts tun.«

»Unglaublich. Ist sie nicht umwerfend?«

»Wer?«

»Sophie. Sie hat so faszinierende braune Augen wie flüssige Schokolade . . . und diese Locken . . .«

»Warum sind Sie immer mit Männern zusammen, wenn sie eigentlich auf Frauen stehen?«, nimmt Svenja Bernadettes Schwärmereien zum Anlass, bei diesem Thema mal nachzuhaken.

»Ach, diese Mann-Frau-Sache ist für mich nebensächlich. Das Geschlecht ist mir nicht wichtig, ich verliebe mich in einen Menschen. Vor ShEG war ich mit Mona zusammen, und davor mit Ute. Und jetzt eben mit Frank . . . aber wenn ich Sophie haben könnte . . .« Ihre Augen beginnen wieder zu leuchten.

»Wie geht es Frank eigentlich, ist er wieder gesund?«, unterbricht Svenja.

»Leider nicht. Ist wohl ein hartnäckiger Infekt«, erwidert Bernadette und bleibt plötzlich mitten auf der Treppe stehen. »Denken Sie, ich bin ein schlechter Mensch, weil ich mich vor Bazillen ekle?«

Svenja muss über so viel Offenheit lachen. »Das würde ich so pauschal nicht sagen, eine gewisse Vorsicht ist schon verständlich, wenn man sich nicht anstecken möchte.«

* * *

Nachdem Svenja mit Bernadette den Großraum verlassen hat, nähert Thomsen sich seiner Oberkommissarin und holt tief Luft.

»Darf ich dich mal was fragen?«, tastet er sich ran.

Sophie wirft ihm einen schneidenden Blick zu.

»Wenn es Bernadette betrifft, lautet die Antwort nein.«

»Aha, nun denn . . . dann geh ich jetzt mit meinem Jungen essen. Wir sehen uns morgen.«

»Guten Appetit«, erwidert Sophie und blickt ihm stirnrunzelnd hinterher.

# 39

»Sag mal, Peet, wie war das genau, als diese Maskierten das Lokal betraten?«

»Mann, Papa, nicht schon wieder . . . ich dachte, wir wollten einfach mal zusammen essen.«

»Das tun wir doch. Ich will ehrlich sein, es geht nur um einen kleinen Aspekt dieses Überfalls, den ich noch genauer beleuchtet haben möchte«, insistiert Thomsen.

»Und hilft das irgendwie, den Täter zu finden?«

»Möglicherweise.«

»Okay.« Peet gibt sich geschlagen und nimmt einen Schluck vom Bier.

»Wo genau hat sich der Wirt während des Überfalls aufgehalten?«, sticht Thomsen nun genau in medias res.

»Knut?« Peet blickt verdutzt hoch und legt die Stirn in Falten. »Hm . . . er brachte unsere Getränke und ging hinter die Bar zurück, kurz darauf kamen diese Arschlöcher zur Tür herein. Ich denke, Knut war zu diesem Zeitpunkt hinter dem Tresen.«

»Du denkst? Hast du ihn dort gesehen oder nicht?«

»Mensch, Papa«, ärgert sich Peet und macht eine weitschweifende Armbewegung, die das gesamte

Restaurant umfasst. »Wenn da jetzt sechs Maskierte reinstürmen und auf alles eindreschen, guckst du dann, was der Wirt macht?«

»Schon klar«, brummt Thomsen. »Hast du dich vielleicht später nach ihm umgesehen, oder ist er dir sonst irgendwie aufgefallen?«

»Ist er jetzt verdächtig?«, fragt Peet überrascht.

»Behalt's bitte für dich«, lässt Thomsen sich nun zu einer Indiskretion hinreißen. »Er ist der Haupterbe. Und die Aussicht auf einen Millionenbetrag kann Menschen zu allerlei verleiten.«

»Hm«, macht Peet und kratzt sich im Nacken. »Ich kann mir zwar nicht vorstellen, dass Knut jemanden zu Tode prügeln würde, aber das Geld ist sicher ein Segen für ihn. Mein Freund Martin ist Stammgast bei ihm, ich meine, er war Stammgast – seit er in Zürich lebt, kommt er ja bloß noch zu Besuch. Jedenfalls haben wir uns zu dritt unterhalten, vor dem Überfall. Da hat Knut erzählt, dass er vielleicht schließen muss, weil das Geld für die nötige Renovierung fehlt. Er hat sich beklagt, dass 'ne Gaststätte viele Auflagen zu erfüllen hat . . . es tut mir leid, aber ich kann mich beim besten Willen nicht erinnern, wo er war, als die Hölle losbrach. Ich hab ihn erst wieder wahrgenommen, als deine Kollegen eintrafen. Ich weiß noch, er wollte seine Fische retten . . .«

»Wenn ShEG sich gleich zu Beginn des Überfalls durch die Hintertür verdrückte und Knut Arfsten ihm folgte, hätte er dann genug Zeit gehabt, ihm die tödlichen Hiebe zu verpassen und wieder ins Lokal zurückzukehren?«, verpackt Thomsen seine Theorie in eine Frage.

»Das kann ich dir nicht beantworten – da war ein

Lärm und ein Chaos in dieser Kneipe, das kannst du dir nicht vorstellen. Ich sagte deiner Kollegin schon – gleich nach dem Überfall – dass ich total auf diese maskierten Bastarde konzentriert war. Nachdem ShEG geflüchtet war, blockierten sie sowohl den Vorder- als auch den Hintereingang. Wir standen buchstäblich mit dem Rücken zur Wand. Denkst du denn, Knut hat von dem Überfall gewusst und das Chaos eiskalt für einen Mord genutzt?«

»Dafür haben wir noch keine Anhaltspunkte, deshalb ist es mir so wichtig, zu erfahren, wie er sich während des Angriffs verhalten hat – wenn du zum Beispiel gesehen hättest, dass er ShEG hinterherstürmte . . .«

»Tja . . . leider, damit kann ich nicht dienen.« Peet leert sein Glas und sieht nachdenklich aus dem Fenster. »Können wir jetzt das Essen bestellen?«

»Ja, klar«, gibt Thomsen sich geschlagen und reicht seinem Sohn die Speisekarte. »Behalte das bitte für dich, aber wir werden Knut Arfsten gleich morgen in die Zange nehmen.«

*Man hat immer ein reines Gewissen,*
*wenn man es nicht benutzt*

*Dietrich Bonhoeffer*

# MITTWOCH

# 40

Notar Dr. Rackedill kann auf Thomsens Nachfrage jeden Zweifel ausräumen. Bei dem aufgefundenen Testament, das Svenja in der Zwischenzeit eingescannt und an das Notariat gemailt hat, handelt es sich tatsächlich um das letztgültige.

»Tja«, macht Thomsen, nachdem er aufgelegt hat. »Sieht aus, als würde sich die Schlinge um Knut Arfsten immer mehr zuziehen.«

»Nur weil er erbt, muss er nicht unbedingt ein Mörder sein«, widerspricht Jasper. »Er wusste ja nicht mal, dass ShEG ihn im Testament bedacht hat.«

»Sagt er«, brummt Thomsen. »Sonst hätte er sich gleich verdächtig gemacht. Gestern Abend habe ich erfahren, dass er schlimme Geldsorgen hat, davon hat er Peet und dessen Freund Martin selbst erzählt.«

Er berichtet nun von dem ausführlichen Gespräch, das er beim gestrigen Abendessen mit seinem Sohn geführt hat, und erwähnt auch, dass sogar die Schließung des *Klabautermanns* im Raum stand.

»Ich lasse ihn jetzt zur neuerlichen Befragung herbringen.«

»Ich fahre mit«, erklärt Svenja ungewohnt emotional.

»Ich möchte Arthur nicht mit irgendwelchen fremden Kollegen allein lassen.«

Thomsen stimmt seufzend zu.

»In Ordnung, halt ihn bloß beim Gassigehen von unserem Parkplatz fern.«

»Ich habe Umma Karlsen herbestellt«, meldet sich Sophie zu Wort. »Immerhin wurde auch ihr eine Million zugedacht, von der sie uns nichts erzählt hat.«

Jasper sieht überrascht hoch. »Du denkst doch nicht, dass die dicke Truckerin ihren besten Freund mit einem Schlagstock das Licht ausgeblasen hat?«

»Ich weiß noch nicht, was ich denken soll«, gibt Sophie zu. »Aber sie hat kein Alibi und kräftiger als Bernadette ist sie allemal.«

# 41

Knut Arfsten humpelt aufgebracht im Vernehmungsraum hin und her, als Thomsen eintritt.

»Bei allem Respekt, Herr Hauptkommissar, warum bin ich hier? Ich bin verletzt, mein Lokal ist verwüstet und ich habe den einzigen Menschen verloren, mit dem ich die Erinnerungen an meinen Sohn teilen konnte. Haben Sie eine Ahnung, wie beschissen es mir geht?«

»Setzen Sie sich«, verlangt Thomsen und nimmt – nachdem der Wirt der Aufforderung nachgekommen ist – ebenfalls am Tisch Platz. »Es sind neue Fakten aufgetaucht, und zwar welche, die Sie uns verschwiegen haben, die aber für das Tatmotiv äußerst relevant sind.«

»Ach ja?«

»Ja. Dachten Sie wirklich, wir finden das nicht raus?«

»Was denn?«

»Dass ShEG Ihnen sein Vermögen vererbt hat.«

»Was?« Knut Arfstens Gesicht zeigt pure Verständnislosigkeit.

»Jetzt tun Sie bloß nicht so überrascht. Außer mir ist niemand hier, und ich nehme Ihnen dieses Schauspiel nicht ab.«

Arfsten schlägt mit der flachen Hand auf den Tisch

und springt hoch.

»Aber das ist doch völliger Blödsinn, Sie müssen sich irren.«

»Nein. Notar Dr. Rackedill hat es bestätigt«, erwidert Thomsen sachlich. »Geschätzte sechs bis sieben Millionen sind ein ungemein starkes Motiv, wenn man finanziell so in der Klemme steckt wie Sie.«

»Aber . . . Erck hat nie etwas gesagt . . . er hat mir . . .?« Tränen sammeln sich nun in Arfstens Augen und er beginnt zu zittern. »Das . . . das . . . kann ich unmöglich annehmen.«

Thomsen beobachtet stirnrunzelnd, wie sein Gegenüber sich ein wenig ungelenk die Tränen von den Wangen wischt.

»Jetzt tut es Ihnen leid, nicht wahr?«, fragt er zynisch.

»Sie meinen Ercks Tod?«

»Ja.«

»Das tut mir nicht nur leid, das trifft mich voll ins Herz – aber das tat es auch schon, bevor ich von dem Testament wusste. Ich liebte den Jungen fast so wie meinen eigenen Sohn – nun zu erfahren, dass er mich auch liebte, quasi als Vaterersatz, das rührt mich gerade heftig . . . haben Sie vielleicht ein Taschentuch?«

Thomsen nickt, zieht eine Packung aus der Tasche und reicht sie ihm. Arfsten schnäuzt sich ausgiebig und lautstark. Dann sieht er dem Hauptkommissar direkt in die Augen.

»Ist das wirklich wahr? Keine Polizeifinte?«

Thomsen nickt. »Ja, wie ich schon sagte. Der Notar hat es bestätigt.«

»Dann hören Sie mir jetzt gut zu. Ich war's nicht. Aber da ich jetzt reich bin, werde ich nicht nur einen

Anwalt engagieren, sondern auch einen Privatdetektiv, der den Job richtig macht und den wahren Mörder ermittelt. Weil den Übeltäter zu finden, der Erck das angetan hat, ist das Einzige, was ich noch für ihn tun kann.«

# 42

Auch Umma Karlsen ist nicht begeistert, dass sie zur neuerlichen Befragung in die Räumlichkeiten der Kriminalpolizei beordert wurde. Mit verärgerter Miene steht sie mitten im Großraum und beschwert sich lautstark.

»Ich verstehe ja, dass Sie Ihre Arbeit machen müssen, aber ich hab Ihnen bereit alles gesagt, was ich weiß. Wenn Sie Ercks Mörder finden wollen, verschwenden Sie mit mir bloß Ihre Zeit.«

Sophie lächelt, ohne darauf einzugehen und bietet ihr einen Platz am Besprechungstisch an. Thomsen, der gerade von Knut Arfstens Vernehmung zurückkehrt, setzt sich dazu.

»Warum haben Sie uns nicht gesagt, dass Sie im Testament mit einer Million Euro bedacht wurden?«, fällt Sophie gleich mit der Tür ins Haus.

»Von wem haben Sie denn diesen Quatsch?«

»Nun, Bernadette hat . . .«

»Ernsthaft? Bernadette?«, lacht Umma laut und hemmungslos heraus. »Ich fass es nicht – die kleine Durchgeknallte kann es nicht lassen, überall Chaos anzurichten. Aber Ercks amouröse Beziehungen waren schon immer ein Griff ins Klo. Haben Sie Klara kennengelernt? Seinc Ex-Frau sieht fast genau gleich aus wie Bernadette, und war auch beinahe genauso bescheuert. Sie können sich gar nicht vorstellen, was das für ein Drama war, als die beiden sich scheiden ließen. Wochenlang hab ich ‘ne Kerze gespendet, bei uns in der Kirche, als das endlich ausgestanden war. Und dann kam er mit Bernadette an. Optisch ein Klon seiner Ex-Frau, nur noch exaltierter. Eine Borderline-Persönlichkeit wie aus dem Lehrbuch. Himmelhoch jauchzend, zu Tode betrübt. Und ausgerechnet mit ihr wollte er zur Ruhe kommen. Ich hab ihm gesagt, die Frau ist wie ‘n Wildpferd, dem man Pfeffer in den Arsch gestreut hat, das wird einen nicht in den Schlaf wiegen. Er wusste, dass ich recht hatte, er hat ständig mit ihr Schluss gemacht, um anschließend wieder einzuknicken. Er konnte nicht mit ihr und nicht ohne sie. Aber dann schoss sie den Vogel ab. Sie legte sich einen Freund zu und erklärte Erck, das wäre die einzige Möglichkeit, von ihm loszukommen. Der arme Kerl war wochenlang am Boden zerstört. Und was denken Sie, wie es geendet hat? Richtig – gar nicht. Die beiden trafen sich nach wie vor, nun aber heimlich. Erck konnte ohnehin nicht mehr in der Öffentlichkeit auftauchen und sie wollte ihren Neuen nicht verprellen. Oh Mann, diese Frau hätte ihn noch in den Wahnsinn getrieben, wenn er nicht vorher ermordet worden wäre.«

»Haben Sie es deshalb getan?«, fragt Thomsen beiläufig.

»Was denn?«

»Ihn von seinem Leiden erlöst – auf dem Bootssteg.«

»Hoppla! Hab ich ihn jetzt etwa umgebracht?«

»Wäre das so abwegig? Die Million könnten Sie sicher gut brauchen – und als Freundin wünschen es Sie ihm wohl, dass er seinen Frieden findet, wenn schon nicht im Leben, dann wenigstens im Tod . . .«

»Wie bitte? Hat Ihnen der Nordwind das Hirn rausgeblasen?« Umma stemmt ihre Leibesfülle vom Stuhl hoch. »Sie können mich jetzt gern ohne jeden Beweis verhaften, falls nicht, gehe ich. Diese Kacke höre ich mir freiwillig keine Minute länger an!«

Thomsen bleibt sitzen und streckt entspannt die Beine aus. »Sind Sie immer so impulsiv?«

»Und Sie? Sind Sie immer so ‘n Arschloch?«

Thomsen ist einen Moment lang versucht, den Hauptkommissar hervorzukehren und von der Macht, die ihm sein Beruf verleiht, Gebrauch zu machen, doch dann überwiegt seine menschliche Seite.

»Nee«, grinst er. »Nur, wenn ich jemanden aus der Reserve locken will.«

Sie bleibt an der Glastür stehen und lässt die Türklinke, die sie bereits in der Hand hatte, wieder los.

»Und jetzt?«

»Jetzt warten Sie bitte einen Moment, dann sind Sie ganz offiziell entlassen«, erklärt er freundlich.

»Ach?«

Umma sieht fragend zu Sophie hinüber, doch die hat keine Ahnung, worauf ihr Chef hinaus will. Erst als Svenja mit Arthur durch die Glastür kommt, wird es ihr schlagartig klar.

Die Dogge macht einen Freudensprung und leckt der Freundin des Toten, die sich zur Begrüßung hinunterbückt, über das Gesicht. Der Schwanz wedelt dabei so begeistert hin und her, dass er Jaspers einzige

Pflanze, einen kleinen Kaktus, vom Schreibtisch fegt.

»Danke fürs Kommen«, sagt Thomsen nun und hält ihr die Tür auf. »Und übrigens, die Sache mit der Million ist wahr, der Notar hat es bestätigt.«

# 43

»Irre ich mich oder haben wir soeben alle entlastet?«, fragt Svenja und in ihrem Gesicht spiegelt sich die pure Fassungslosigkeit.

»Kommt mir auch so vor«, meint Sophie und stützt frustriert den Kopf in beide Hände. »Gehen wir es noch mal durch: Da wäre mal ShEGs Manager. Er hat vor ‘nem halben Jahr zehntausend Euro an Olaf Bergen bezahlt. Offiziell, über seine Firma. Hat den wahren Grund jedoch verschleiert – nämlich die Schmutzkübelkampagne, die im Internet über ShEG hereinbrechen und ihn wieder zum Arbeiten motivieren sollte. Ist es vorstellbar, dass das Geld für einen Auftragsmord war, der ein halbes Jahr später umgesetzt wurde?«

»Ich denke nicht«, melde sich Jasper als erster zu Wort. »Ich denke, dass der Betrag für Mord zu gering ist – verglichen mit dem Risiko, dem der Täter ausgesetzt ist. Bergen kann für virtuelle Beleidigungen und Aufstachelungen rechtlich nicht belangt werden, aber für Mord lebenslang hinter Gittern landen.«

»Ich bin gleichen Meinung«, pflichtet Svenja ihm bei, während sie Arthur den Kopf krault. »Wenn man für zehntausend Euro einen Mord kaufen könnte, wäre unser Land wohl mit Leichen übersät. Dazu kommt der Umstand, dass Olaf Bergen das *Klabautermann* als Letzter verließ. Kurz bevor die Ambulanz eintraf.«

»Was haben eigentlich die Kollegen von der IT herausgefunden?«, fragt Thomsen an Jasper gerichtet.

»Schon 'ne Menge«, erwidert jener eifrig. »Ich war gestern noch bei Uli Knudsen, der hat mir Fotos von Bergens Handy-Farm gezeigt. Er hatte um die dreißig Stück, um 'ne Menge Fake-Accounts und Chatgruppen anzulegen. Knudsen meinte, mit so 'ner Ausrüstung kann man schon ordentlich Stimmung machen, jedoch eine Lawine, die rollt, nicht mehr aufhalten. Insofern passen die Ausrüstung und auch die Chatverläufe, die bis jetzt durchgesehen wurden, mit der Aussage Bergens zusammen. Außerdem haben die Kollegen denjenigen ausfindig gemacht, der ShEGs Aufenthalt im *Klabautermann* verraten hat. Ein gewisser *shegEATER77*, dessen Identität sie laut Knudsen nicht herausfinden können, weil die Kommunikation über Server im Ausland läuft, die nicht mit deutschen Behörden kooperieren. Auf jeden Fall hat Bergen die Wahrheit gesagt, er hat der Hater-Community den Tipp nicht gegeben.«

»Meiner Meinung nach fehlt dem Gröbig als Auftraggeber auch das Motiv«, erläutert Sophie ihren Standpunkt. »Er wollte ShEG als Arbeitstier zurück, um weiter abzucashen. Diesen Wunsch kann er nun endgültig begraben.«

»Was ist eigentlich mit ShEGs Assistenten, den er vor einem Monat gefeuert hat?«, wirft Thomsen plötzlich ein. »Wie hieß der noch mal?«

»David Ito«, erwidert Svenja. »Wenn du mich fragst

– auch ‘ne Sackgasse. Ich hab mit ihm telefoniert, er ist seit drei Wochen in Tokio.«

»Sagt er«, brummt Thomsen.

»Ja, das ist aber glaubwürdig – für mich zumindest. Er wirkte sehr betroffen und erzählte, sie hätten sich im Guten getrennt. Er hat mir sogar freiwillig seine Bordkarte gemailt.«

»Also bleiben uns nun wirklich bloß die restlichen fünf Maskenmänner«, murrt Thomsen. »Jeder Einzelne von denen hätte die Möglichkeit gehabt, ShEG zu verfolgen und zu Tode zu prügeln.«

»Bloß haben wir keine Chance, diese Mistkerle aufzuspüren . . .«, stöhnt Jasper.

»Hm«, macht Sophie. »Ich gebe zu, es deutet alles auf diese Maskenmänner, oder zumindest einen davon, hin. Trotzdem überlege ich, ob nicht ein persönliches Motiv dahintersteckt? Ich denke, man muss sehr viel Wut in sich haben, um auf einen Menschen mit einem Schlagstock oder etwas Ähnlichem so hart einzuprügeln, dass er daran verstirbt.«

»Aber diese Typen hatten Schlagstöcke«, wendet Jasper ein.

»Ich weiß.« Sophie lässt frustriert die Schultern sinken. »Irgendetwas übersehen wir.«

»Fangen wir noch einmal beim Motiv an«, schlägt Svenja vor.

»Zum siebten Mal?« Jasper verdreht die Augen und beginnt gottergeben ein weiteres Mal, die Liste der Verdächtigen durchzugehen. »Knut Arfsten, Umma Karlsen und Bernadette Walter erben ‘ne Menge Geld.«

»Apropos Knut – halten wir den noch fest?«, grätscht Sophie dazwischen und blickt Thomsen an, der sich augenblicklich ein wenig unwohl fühlt.

»Hm«, räuspert er sich, »ich wollte ihn eigentlich gerade gehen lassen, da kam er mir mit Anwalt und Privatdetektiv . . . ähem, Jasper, ruf mal bei den Kollegen an, dass sie ihn gehen lassen können.«

»Arthur liebt Knut und Umma«, sagt Svenja plötzlich.

Sophie blickt überrascht zu ihr hinüber. »Das stimmt, und das könnte uns weiterhelfen. Ich würde zu gern wissen, wie er auf Bernadette reagiert.«

»Bernadette?« Svenja lacht. »Kannst du dir *Prinzessin-Durchgeknallt* als keulenschwingende Furie vorstellen?«

»Du hast recht, es ist schwer vorstellbar, aber trotzdem . . . das ganze Theater, dieses Exaltierte, vielleicht ist das alles bloß Show, um uns abzulenken«, überlegt Sophie.

»Nee, ich denke, die ist wirklich so. Erinnere dich, Umma hat sie ganz genau so beschrieben – und die kennt sie schon jahrelang«, gibt Svenja zu bedenken.

»Stimmt«, erwidert Sophie nachdenklich. »Ach, ich weiß auch nicht, irgendwas passt nicht mit Bernadette. Sie war so todtraurig wegen ShEGs Tod, als wir sie das erste Mal trafen, und jetzt – dieses Glück und diese Freude über das viele Geld – das ging irgendwie ein bisschen plötzlich . . .«

»Das ist vermutlich der Grund, warum Umma sie als Borderline-Persönlichkeit beschrieben hat«, mischt sich Jasper ein. »Ich hab das gegoogelt, und ich denke, sie meinte manisch-depressiv. Da wechseln die euphorischen mit den depressiven Phasen ab.«

Sophie verzieht das Gesicht.

»Mag sein, vielleicht irritiert mich ja auch bloß ihre Vernarrtheit in mich«, gibt sie nun zu.

»Tja, wo die Liebe hinfällt«, kommentiert Thomsen

mit einem breiten Grinsen.

Sophie straft ihn mit einem bösen Seitenblick.

»Gönn mir doch die Freude«, spottet er. »Ich kann ein wenig gute Laune brauchen – schließlich bin ich derjenige, der nun dem Petersen und dem Paulsen verklickern muss, dass wir alle Verdächtigen wieder von der Liste gestrichen haben.«

»Das ist kein Grund . . .«, beginnt Sophie, doch das elektronische Möwengekreisch, das von ihrem Handy ausgeht, meldet einen Anruf, und sie wirft einen Blick aufs Display. Als Reaktion verdreht sie die Augen bis zur Decke.

»Moin Bernadette . . . aha . . . nein, ich hab jetzt keine Zeit für einen Drink . . .«

Doch ihre Kollegin stupst sie und deutet überdeutlich auf Arthur, der zu ihren Füßen liegt.

»Okay«, lenkt Sophie daraufhin ein, »ein Drink am Hafen lässt sich wohl einrichten . . . ja, in zehn Minuten passt prima . . .«

»Aber du kommst mit«, sagt sie zu Svenja, nachdem sie wieder aufgelegt hat.

»Als Gouvernante?«, macht Thomsen sich lustig. »Da bin ich auch dabei. Den Spaß lass ich mir nicht entgehen.«

Und doch kommt es anders als geplant, denn als sie den Großraum verlassen wollen, treffen sie auf Maike, die mit einem großen Korb am Arm auf dem Weg zu ihnen ist. Thomsen entscheidet sich daher blitzschnell um und auch Jasper, dem es gar nicht gefallen hat, als Einziger hierbleiben zu müssen, ist mit seinem Schicksal wieder versöhnt.

Während sie nun zu dritt in Thomsens Büro sitzen

und den mitgebrachten Käsekuchen verzehren, lässt Maike ihrer Neugier freien Lauf.

»Wie läuft's denn mit dem Fall?«

Ein kollektives Schulterzucken der Männer ist die einzige Reaktion.

»Und wo wollen Sophie und Svenja mit dem Hund hin?«

»Zum Hafen«, antwortet Jasper mit vollen Backen.

»Die Meerkatz hat dort ein Date . . . mit einer Frau«, ergänzt Thomsen, bevor er das nächste Stück Kuchen nachschiebt.

»Nee, oder?«

Maike starrt die beiden abwechselnd an – mit dem auffordernsten Blick, den sie im Repertoire hat. Doch anstelle einer Antwort kauen die beiden bloß vor sich hin. Bis ihr der Geduldsfaden reißt.

»Jetzt schluck doch mal runter«, verlangt sie von ihrem Bärchen und knufft ihn in den Oberarm. »Ich will die Details hören.«

# 44

Die strahlend helle Wintersonne, die heute von keiner einzigen Wolke am Scheinen gehindert wird, lässt den Januar erträglicher wirken. Speziell die malerische Kulisse des Hafens ist bei diesem Prachtwetter ein echter Hingucker.

Bernadette trägt heute rot. Sie ist in ein edles Cape mit pelzbesetzter Kapuze gehüllt, das ihre schwarzen Haare perfekt zur Geltung bringt. Sie könnte einer Filmszene entstiegen sein und es ist nicht zu übersehen, dass die Augen sämtlicher Umstehenden auf sie gerichtet sind.

Sophie ist jedoch mehr an Arthurs Reaktion interessiert, die prompt einsetzt. Die Dogge beginnt bereits in Rufweite mit ihrem Schwanz zu wedeln und ihr Tempo zu erhöhen. Die Begrüßung fällt dann auch entsprechend begeistert aus. Und auch Bernadette freut sich sichtlich, als Arthur seine lange Zunge ausfährt und ihr über die Hände leckt.

Zum Glück hat er ihr Gesicht verschont, denkt Sophie, als sie kurz darauf ihr Begrüßungsküsschen erhält.

»Ich bin so glücklich, dass du dir Zeit genommen

hast«, bedankt sich Bernadette mit einem Lächeln, so strahlend wie der junge Morgen. Beherzt schließt sie auch Svenja in ihre Arme. »Dass du Arthur mitgebracht hast, ist so eine liebe Überraschung. Hat er es denn gut bei Knut? Ich hab gehört, er hat sich ein Bein gebrochen?«

»Bloß 'ne Zerrung«, erwidert Svenja. »Er ist auf dem Bootssteg ausgerutscht.«

»Männer.« Bernadette verdreht theatralisch die Augen. »Ich glaube, ich habe wieder genug von dieser Spezies.«

Bei diesen Worten schenkt sie Sophie einen besonders koketten Augenaufschlag.

»Soll das heißen, du willst deinen kranken Freund verlassen?«, fragt Svenja perplex.

»Erwähn ihn nicht.« Bernadette legt ihre Hände wie zum Gebet aneinander. »Er treibt mich in den Wahnsinn.«

»Wie macht er das, wenn er bei sich zu Hause mit 'nem Infekt im Bett liegt?«, fragt Sophie und denkt bei sich, dass diese Frau wohl für keinerlei Art von Beziehung geschaffen ist. Wenn Taako das Bett hüten müsste, wäre sie gern bereit, ihn mit Tee und Medikamenten zu versorgen. »Oder hast du ihn bis zur Genesung bei dir daheim einquartiert?«

»Gott behüte, nein. Sein Kontrollwahn ist schon so kaum auszuhalten – ständig will er wissen, wo ich bin und mit wem ich Zeit verbringe«, beschwert sie sich, während sie Arthur am Kopf krault.

»So einen hatte ich auch mal«, erzählt Svenja, »dreißig SMS am Tag, das ist auf Dauer 'ne echte Belastung.«

»Ganz genau. Aber dann ist er wieder so lieb.

Gestern hat er mir versprochen, wenn er mal heiratet, dann nur mich.«

Sophie nippt nachdenklich an ihrem Punsch, während sie zusieht, wie unbeschwert Bernadette mit Svenja lacht und mit Arthur kuschelt.

»Sagtest du nicht ursprünglich, ihr hättet ‘ne offene Beziehung?«

»Haben wir auch – das habe ich von Anfang an klargestellt«, bestätigt Bernadette.

»Hm«, macht Sophie und fragt sich im Stillen, wie eine offene Beziehung mit einem derartigen Kontrollverhalten zusammenpassen kann.

»Hast du ‘n Foto von Frank auf deinem Handy?«

»Klar.« Bernadette zieht mit einem stolzen Lächeln ihr Mobiltelefon aus der Handtasche. »Frank sieht so wahnsinnig gut aus – hab ich dir schon erzählt, dass er Fitnesstrainer ist und sogar für Modenschauen gebucht wird?«

Doch Sophie interessiert sich weniger für Franks äußeres Erscheinungsbild, als für die Art und Weise, wie Bernadette ihr Handy entsperrt. Für Nebenstehende deutlich erkennbar tippt sie mit ihrer rechten Fingerspitze viermal überdeutlich auf die eins, um die Bildschirmsperre zu deaktivieren.

»Hast du viel Zeit mit Frank verbracht, in den Tagen, bevor er krank wurde?«, bohrt Sophie weiter nach.

»Ja, wir hatten eine sehr innige Phase zuvor, ich habe auch mehrmals bei ihm übernachtet . . . hier sieh mal, so sieht er aus.«

Sophie mustert das professionell erstellte Foto, das einen sportlichen jungen Mann zeigt, der weiß, wie sehr die Kamera ihn liebt.

»Ich möchte ihn kennenlernen«, verkündet sie anschließend und bringt damit Bernadettes strahlendes Lächeln ins Wanken.

»Ich werde es ihm ausrichten, versprochen«, erklärt jene tapfer und wechselt das Thema. »Wer möchte noch so einen wundervollen Punsch?«

Doch Sophie schüttelt verneinend den Kopf.

»Das hast du falsch verstanden, ich meinte *sofort*. Gib mir seinen vollen Namen und seine Adresse bitte.«

* * *

»Ich hab da kein gutes Gefühl bei«, mault Bernadette, die sich auf der Rückbank des Dienstwagens eingerollt hat, als sie vor Franks Apartment einparken.

»Du bleibst hier im Wagen vorm Haus sitzen«, erklärt Sophie streng.

»Aber das geht doch nicht, ich muss euch doch einander vorstellen«, protestiert Bernadette und ihre Augen füllen sich mit Tränen.

»Das musst du nicht.«

»Aber . . .«

»Kein Aber, das ist eine polizeiliche Anordnung«, bleibt Sophie hart.

»Okay«, lenkt Bernadette nun kleinlaut ein. »Soll ich vielleicht auf Arthur aufpassen? Frank mag keine Hunde . . .«

»Nein.« Sophie steigt aus und schlägt ohne weitere

Erklärung die Autotür zu.

»Du denkst, er hat etwas damit zu tun?«, flüstert Svenja, als sie auf den Hauseingang zugehen.

»Er könnte eifersüchtig sein. Jeder, der schon mal mit 'nem Kontrollfreak zu tun hatte, weiß, wie besitzergreifend die sein können.«

»Stimmt«, meint Svenja nachdenklich, »das ergibt Sinn.«

»Und was macht ein eifersüchtiger Freund als Erstes?«, will Sophie nun wissen.

»Vorwürfe?«

»Okay, die auch.« Sophie lacht. »Aber was unternimmt so 'n Typ als Erstes? Er verschafft sich Zugang zu . . .?«

Endlich fällt bei Svenja der Groschen. ». . . ihrem Handy!«

»Bravo. Und demnach wusste er, wo . . .«

». . . ShEG sich aufhielt! Wow, jetzt kapier ich endlich, worauf du hinauswillst. Aber Bernadette hat doch einen Sperrcode.«

»Ja, 1111«

»Nee . . .«

»Doch. Und sie tippt ihn so überdeutlich ein, dass ich ihn bereits nach einem Drink am Hafen kenne.«

Sophie betrachtet nun die Schlüssel, welche Bernadette ihr widerwillig ausgehändigt hat, und wählt den größten aus, um ihn ins Türschloss zu stecken. Er passt und kurz darauf schleichen sie leise das Treppenhaus hoch.

Als sie die Etage, in der Frank wohnt, erreichen, beginnt Arthur plötzlich zu knurren.

»Das ist kein gutes Zeichen«, flüstert Svenja.

# 45

»Also, diese Bernadette ist wirklich 'ne Nummer«, lacht Maike. »Hat sich die glatt in unsere Sophie verguckt.«

Auch Jasper kichert. »Aber diese andere Sache, die sie gemacht hat, die finde ich voll arg. Dass dieser ShEG überhaupt noch ein Wort mit ihr gesprochen hat! Ich an seiner Stelle hätte sie sofort aus dem Testament gestrichen.« Um seiner Empörung Nachdruck zu verleihen, schiebt er ein weiteres Stück Käsekuchen in den Mund.

Maikes Neugier ist nun nicht zu bremsen. »Was hat sie denn getan?«

»Sie hat sich einfach 'nen Neuen geangelt und ShEG erklärt, das macht sie nur, um von ihm loszukommen. Das ist doch barbarisch. Wenn ich mir vorstelle, dass die Billi mit irgendeinem Willi . . .«

»Wieso Willi?«, unterbricht Maike.

»Was? Ach so, nee, das war bloß so dahingesagt . . . und dann trifft sie sich doch wieder mit mir, aber nur heimlich, weil sie ja jetzt mit dem Willi zusammen ist . . . also, ich wüsste nicht, wie ich das ertragen könnte . . .«

»Ist für den Willi sicher auch nicht leicht, wenn er

nichts ahnend in eine Beziehung mit der Billi stolpert und dann draufkommt, dass sie noch mit dir rummacht«, steigt Thomsen nun belustigt in das Thema mit ein.

»Mag sein, aber in diesem Fall wären mir seine Gefühle scheißegal . . .« Plötzlich bleibt Jasper der Mund offen stehen. »Äh, Chef . . . ich glaube, du hast soeben den Fall gelöst.«

Thomsen klopft sich geistesgegenwärtig auf die Brust und küsst Maike mit einem triumphierenden Lächeln. »Kannst stolz sein auf dein Bärchen.«

»Bin ich doch immer. Und wer war's jetzt?«

»Die Ehre, das zu verraten, gebührt Kommissar Hinrichs«, zieht Thomsen sich gekonnt aus der Affäre und klopft dem Jüngeren auf die Schulter.

Jasper strahlt, als die Frau seines Chefs ihren erwartungsvollen Blick nun auf ihn richtet.

»Na, der Willi«, posaunt er stolz heraus.

Doch anstatt sich mit ihm zu freuen, zieht Maike bloß ihre Augenbrauen zusammen. »Ich dachte, der war erfunden . . .?«

* * *

Als Sophie die Wohnungstür aufsperrt, kann Svenja die knurrende Dogge, die wie wild an der Leine zieht, kaum noch halten.

»Herr Westin?«, ruft Sophie, erhält jedoch keine Antwort.

Während sie sich noch im Raum umsieht, zerrt Arthur Svenja bereits mit aller Kraft zu einer Tür gegenüber. »Dort wird sein Schlafzimmer sein«, flüstert sie.

Sie sollte recht behalten, denn als Sophie ohne weitere Vorwarnung eben jene Tür aufstößt, erblickt sie den schlafenden Frank Westin in einem zerwühlten Doppelbett.

Sie macht das Licht an und im selben Moment gibt Arthur ein derart wütendes Bellen von sich, dass der eben noch Schlafende panisch aus dem Bett hechtet. Dabei stolpert er und muss sich an dem Heizkörper unter dem Fenster festklammern. Mühsam rappelt er sich wieder hoch, aber sein fahles Gesicht ist vor Schmerz verzerrt und er schwankt.

»Was wollen Sie hier! Schaffen Sie die Bestie weg!«

Doch Sophie hat bereits etwas gesehen, was ihren Verdacht bestärkt, nämlich große, gelbbraune Flecken an der Rückseite seiner Pyjamahose.

»Umdrehen!«, verlangt sie laut und deutlich. Als das nichts nützt, zieht sie ihre Waffe. »Ich sagte umdrehen! Los!«

Frank Westin gehorcht nun und presst sein Gesicht an die Wand.

»Hosen runter!«

»Wie bitte?«

»Hosen runter«, wiederholt Sophie ihren Befehl. »Sofort!«

Svenja, die mit aller Kraft die wütende Dogge zurückhält, dachte ebenfalls, sich verhört zu haben. Erst als Frank Westin zögerlich dem Befehl nachkommt und die Baumwollhose über die Pobacken hinunterschiebt, wird die Sache klar.

Mehrere hässliche und unter Eiter stehende Wunden zeichnen sich auf der geröteten Haut ab.

»Das sieht nach einem Hundebiss aus, der schon einige Tage alt ist«, stellt Sophie zufrieden fest. Mit ein paar schnellen Schritten ist sie bei ihm, zieht die Handschellen aus ihrer Jackentasche und lässt sie um seine Handgelenke klicken.

»Herr Westin, Sie sind verhaftet. Ich rufe jetzt eine Streife, die Sie abholt.«

Doch als sie sich bei der Zentrale meldet, wird ihr mitgeteilt, dass die zwei Kollegen, die Hauptkommissar Thomsen vor wenigen Minuten angefordert hat, bereits vor Ort sein sollten.

Ein wenig verwundert wirft sie einen Blick durchs Fenster auf die Straße, wo sich tatsächlich soeben ein Polizeiauto einparkt.

»Ich hole die Kollegen, kommst du klar?«

»Kein Problem«, versichert Svenja grimmig. »An Arthur und mir kommt der Mistkerl nicht vorbei.«

Kaum hat ihre Kollegin den Raum verlassen, übernimmt Svenja das Kommando.

»Ziehen Sie die Hose wieder hoch!«

Während Westin sich unter Schmerzen abmüht, mit seinen gefesselten Händen die Pyjamahose über die Pobacken zu bekommen, kommt sie mit Arthur ein paar Schritte näher. Der Hund knurrt nun mit einer Bösartigkeit, die den Verletzten zum Zittern bringt.

»Halten Sie mir diese Bestie vom Leib!«

»Erzählen Sie mir, was Sie ShEG angetan haben!«, verlangt Svenja und streicht der Dogge, die nun knurrend, aber ruhig neben ihr steht, über den Kopf.

»Gehen Sie weg!«

»Nur, wenn Sie reden! Sagen Sie mir, was ich wissen will, sonst mache ich die Leine los – dann kann ich für nichts mehr garantieren.«

»Schaffen Sie den Hund raus«, fleht Westin, der sich kaum noch aufrecht halten kann.

»Erst die Details«, bleibt Svenja stur.

»Verdammt, was wollen Sie denn wissen? Ja, ich habe den Scheißkerl umgebracht. Was hätte ich denn sonst tun sollen? Er hätte freiwillig nie von meinem Mädchen abgelassen. Wie sollen wir denn als Paar funktionieren, wenn einer ständig dazwischenfunkt? Sie wollte los von ihm, das wollte sie wirklich, das hat sie mir mehrmals gesagt, ich musste ihr doch helfen.«

»Wo ist der Schlagstock?«

»Immer noch in meinem Wagen. Ich wollte ihn entsorgen, aber ich musste erst meine Wunden versorgen, und dann . . . dann ging es mir plötzlich schlecht . . . es wird nicht besser. Die Antibiotika haben nicht geholfen, ich bin am Ende, ich brauche einen Arzt . . . bitte . . .«

»Wo sind die Autoschlüssel?«

»Hier auf dem Nachtkästchen . . . und der BMW steht in der Garage. Sie brauchen bloß mit dem Fahrstuhl in den Keller . . .«

Er schwankt neuerlich und sinkt erschöpft an der Wand entlang zu Boden. Als er mit seiner verletzten Kehrseite auf dem Parkett landet, stößt er einen brachialen Schrei aus, der Svenja durch Mark und Bein fährt.

Auch Arthur ist irritiert. Er stellt das Knurren ein und setzt sich ein wenig verdutzt neben den völlig Entkräfteten.

Sophie, die mit den beiden uniformierten Kollegen zurückkehrt, blickt verwundert auf die Szene.

»Der Herr Westin hat sich entschieden, gleich zu gestehen«, teilt Svenja triumphierend mit. »Die Mordwaffe finden wir in seinem Wagen.«

* * *

»Das wird die Überraschung des Tages«, jubelt Thomsen. »Svenja und die Meerkatz werden Augen machen, wenn sie vom Hafen zurückkommen und wir in der Zwischenzeit bereits einen neuen Hauptverdächtigen festgenommen haben!«

Mit unverhohlener Vorfreude wählt er die Nummer der Kollegen, die mit der Verhaftung beauftragt wurden.

»Thomsen hier, habt ihr ihn? Sehr gut! Er braucht einen Arzt? Wieso das denn? Hundebiss im Arsch? Mann, was für 'n Volltreffer!«

»Wir haben den Jackpot geknackt«, erklärt er Jasper und Maike händereibend, nachdem er wieder aufgelegt hat. »Das ist eben richtig gute Polizeiarbeit.«

* * *

Als Taako an diesem Abend von einem späten Einsatz heimkommt, staunt er nicht schlecht, als er neben Sophie auf der Couch eine zweite Frau vorfindet, die dort wie das vergiftete Schneewittchen liegt. Zierlich und blass, mit blutroten Lippen und langem, schwarzem Haar, das bis auf den Boden herabhängt. Bloß ein angebissener Apfel, der alles erklären würde, ist nicht zu sehen.

»Ist das Bernadette?«

»Psst . . .«, macht Sophie. »Sie ist völlig fertig. Gehen wir in die Küche.«

Dort stolpert sie beinahe über Otello, der maunzend vor dem Kühlschrank seine Kreise zieht. Sowohl Taako als auch der Kater schauen Sophie nun erwartungsvoll an.

»Keine Chance«, erklärt sie Letzterem. »Du hast dein Futter schon bekommen. Und was uns beide betrifft«, sie sieht nun ihren Liebsten an, »würde ich vorschlagen, wir betrinken uns mit diesem Rotwein hier.«

»Eine wunderbare Idee«, erwidert Taako und nimmt ihr die Flasche aus der Hand, um sie zu entkorken. »Ich möchte bloß noch mal nachfragen: Sprechen wir von jener Bernadette, die uns – nach deinen Worten – nicht noch mal besuchen wird?«

»Ja«, gibt Sophie zu und verzieht das Gesicht zu einer Grimasse.

»Warum ist sie dann hier?«

»Weil sie mir leidtat. Es stellte sich raus, dass ausgerechnet ihr Freund, der so etwas wie der einzige Halt in ihrem Leben war, ShEG umgebracht hat. Sie wusste es nicht, hatte nicht mal den leisesten Verdacht. Als sie davon erfuhr, ist sie völlig zusammengebrochen.

Was hätte ich denn tun sollen – sie in einer Klinik absetzen?«

»Das wäre jedenfalls professioneller gewesen«, meint Taako und schenkt die beiden Gläser voll.

»Ja, vermutlich hast du recht . . . und in meiner Anfangszeit hier in Husum hätte ich das auch gemacht. Mich professionell zu verhalten war mir extrem wichtig, aber das bedeutete auch, distanziert und verschlossen zu sein. Das will ich nicht mehr. Die Zeit hier hat mich verändert, vor allem die Zeit mit dir. Ich fühle mich jetzt mutig genug, um wieder menschlich zu sein, egal, was andere über mich denken.«

Sophie wirft einen Blick auf die schlafende Schönheit im Wohnzimmer, an deren Beine sich nun der beleidigte Kater gekuschelt hat. »Sie ist wie ein Schmetterling, fliegt von Blume zu Blume . . . die zwei bis drei Tage, bis sie frisch verliebt zur nächsten flattert, halten wir aus. Was meinst du?«

Taako umarmt sie innig. »Aber sicher. Ich liebe dich, und ich finde schön, dass dir unsere Beziehung so viel Kraft gibt.«

Nach dem Kuss, der nun folgt, breitet sich in seinem Gesicht ein belustigtes Grinsen aus. »Nehmen wir sie auch mit ins Bett?«

Sophie knufft ihn schmunzelnd. »Mach dir da lieber keine zu großen Hoffnungen.«

*Der Gegner muss den Schlag erst spüren,*
*dann darf er ihn sehen*

*Bruce Lee*

# SAMSTAG

# 46

Das Wetter ist wieder deutlich schlechter geworden und hat den gestrigen Sonnentag zu einer bloßen Erinnerung degradiert. Die dichten, grauen Wolken sind zurück und mit ihnen die Düsternis. Auch der Wind hat aufgefrischt, wodurch das unangenehme Kältegefühl noch verstärkt wird.

Jasper steht mit hochgezogenen Schultern zwischen den Trauernden und blickt über die Gräber. Grau in Grau zeugen unzählige Grabsteine von längst vergangenen Leben. Jeder hier hatte ein Schicksal, hatte Erwartungen, Hoffnungen, Ängste; jeder hier mühte sich auf seine Weise mit dem Leben ab.

Die Sargträger gehen langsam voran, die Trauernden hinterher. Das Knirschen des Kies' unter den vielen Stiefeln vermischt sich mit dem pfeifenden Wind.

Jasper kann sie hören, bevor er sie sieht. Mit ihren lauten Rasseln und Tröten, Vuvuzelas und Peitschen, die in der eiskalten Luft knallen. Innerhalb von Sekunden sind sie von Lärm umzingelt. Maskenmänner, wohin das Auge reicht. Jasper kann sie nicht zählen, da sie sich im Kreis bewegen. Rundherum um jene, die ShEG auf seinem letzten Weg begleiten.

Solchermaßen eingekesselt drängen sich die Trauernden in der Mitte zusammen. Einige beginnen zu schreien, während die Bedrohung in Form der furchterregenden schwarzen Strumpfmasken immer näher kommt. Der Lärm ist unerträglich.

Als sie bloß noch eine Armlänge entfernt sind, zieht Jasper seine Waffe und schießt in die Luft.

»Polizei!«, schreit er in die Stille danach. »Nehmen Sie die Hände hoch.«

Auch die Trauernden um ihn herum ziehen nun ihre Waffen.

In diesem Moment wandeln sich die Maskierten von Jägern zu Gejagten. Sie verharren bloß einen Augenblick, dann stieben sie in alle Richtungen auseinander.

Jasper verfolgt einen der Angreifer bis zur Friedhofsmauer. Als der Flüchtende sich darüber schwingen will, hält er ihn mit aller Kraft zurück. In dem nun folgenden Handgemenge gelingt es ihm, dem anderen einen Kinnhaken zu versetzen, der ihn zum Taumeln bringt. Danach ist es ein Leichtes, ihm Handschellen anzulegen. Mit dem Gefühl tiefster Befriedigung reißt Jasper ihm nun die Maske vom Kopf.

Ein junges Gesicht kommt zum Vorschein, ein Allerweltsgesicht, das nirgendwo auffallen würde. Nicht beim Einkaufen, nicht beim Busfahren und auch nicht beim Spazierengehen im Park.

»Oh Mann«, stöhnt Jasper und atmet erst mal tief durch.

* * *

»Die Aktion war ein voller Erfolg«, freut sich Thomsen und prostet seinen Mitarbeitern zu, »wir konnten alle elf anwesenden Maskenträger verhaften und niemand von uns ist dabei verletzt worden.«

»Ähem«, räuspert sich Jasper. »Wurde nicht Sören Rijnders mit der Ambulanz weggebracht?«

»Doch, das liegt aber nicht am Polizeieinsatz, sondern an einem . . . nun sagen wir mal . . . Missgeschick«, erläutert Thomsen und seine Mundwinkel zucken verdächtig.

»Missgeschick?«, wiederholt Jasper neugierig.

»Nun ja, einer der Maskierten hatte Nunchakus dabei, und der gute Sören konnte der Versuchung nicht widerstehen, sie auszuprobieren.«

»Ich verstehe nicht . . .« Jasper sieht Hilfe suchend von seinem feixenden Chef zu Svenja.

»Er hat sich damit beinahe kastriert«, wird sie deutlich.

»Autsch! Dann war er das, der so extrem geschrien hat?«

»Darauf kannst du wetten. Nichtsdestotrotz war die Aktion ein voller Erfolg«, wiederholt Thomsen seine Worte von vorhin. »Besonders freut mich, dass uns keiner entwischt ist.«

»Mich auch«, stimmt Sophie zu. »Ich muss gestehen, ich hab es sehr genossen, diese Bastarde festzunehmen.«

»Ist das nicht unglaublich, wie diese Menschen ticken?«, meint Svenja, der man die Aufregung noch deutlich ansehen kann. »Sie sehen aus wie die netten Nachbarn von nebenan. Einer arbeitet als Kellner, ein anderer als Buchhalter, einer ist sogar Sanitäter und vier von denen sind Familienväter. Wie funktioniert das? Bringen die ihre Kinder abends zu Bett und ziehen sich dann diese Masken über, um sich ihren Hassfantasien hinzugeben? Das ist doch unfassbar.«

»Ist es.« Sophie legt ihrer Kollegin den Arm um die Schultern. »Manches werden wir nie begreifen, so ist es nun mal. Jetzt trink deinen Punsch, solange er noch heiß ist.«

»Wann beginnt denn nun die echte Beerdigung?«, fragt Jasper.

Sophie blickt auf die Uhr. »In zwei Stunden.«

»Ich bleibe hier«, erklärt Svenja, »ich möchte mich gern auf diese Art von ihm verabschieden. Immerhin war ich die letzte Frau, die in seinem Bett übernachtet hat.«

Thomsen hebt eine Augenbraue, entscheidet sich jedoch dafür, die Bemerkung, die ihm auf der Zunge liegt, hinunterschlucken.

»Das ist in Ordnung«, sagt er stattdessen, »wer möchte, kann bleiben. Ich fahre jetzt zurück ins Büro, um den Petersen mit allen Details unseres Erfolgs zu versorgen.«

»Ich bleibe auch«, sagt Sophie, »um Bernadette zu unterstützen. Es geht ihr zwar schon besser, aber der Moment, wenn der Sarg in die Erde gesenkt wird, ist emotional besonders schwierig.«

»Das stimmt«, pflichtet Jasper ihr bei, »das habe ich bei meinem Papa auch so erlebt.«

Nun schweigen sie alle, um seine traurige Erinnerung zu respektieren, bis er sich plötzlich an

Sophie wendet. Seine Mundwinkel zucken belustigt und ein Hauch von Röte überzieht seine Wangen.

»Ich muss dich das fragen: Hast du wirklich Frank Westin mit vorgehaltener Waffe befohlen, die Hosen runterzulassen?«

Auch auf Thomsens Gesicht breitet sich wieder sein typisches Grinsen aus.

Sophie verzieht die Lippen zu einem Entenschnabel.

»Wenn man die Situation so aus dem Zusammenhang reißt, mag sie schon ein wenig skurril anmuten.«

»Ein wenig skurril? Hahaha . . .« Thomsen schlägt sich auf die Schenkel. »Das ist wieder so 'ne Meerkatz-typische Untertreibung! Meiner Meinung nach kommt das in der Polizeihitliste gleich nach der *Sitz-oder-ich-schieße-Aufforderung* an die Dogge! Ich sage euch, wir haben Glück, dass die Medien nicht alles drucken!«

# 47

»Das ist ein gelungener Fallabschluss«, jubelt auch Petersen. »Elf Festnahmen. Ich kann dir gar nicht sagen, wie sehr ich mich auf die nächste Pressekonferenz freue.«

»Musst du nicht. Wir kennen uns lange genug, dass ich es mir vorstellen kann«, erwidert Thomsen trocken.

»Wie ist es euch gelungen, diese Kerle auf den Friedhof zu locken?«, will der Dienststellenleiter nun wissen.

»Olaf Bergen, der von ShEGs Manager angeheuerte Maskenmann, war so freundlich, uns seine Zugangsdaten zu überlassen«, erklärt Thomsen bereitwillig. »Für die Kollegen von der IT war es daher ein Leichtes, unter seinem Usernamen den nächsten Übergriff in der Hater-Community anzuzetteln. Und was würde sich dafür besser eignen als das Begräbnis? Das war die letzte Chance für diese kranken Spinner, all jene zu attackieren, die ShEG nahestanden.«

»Und der Frank Westin, was hatte der mit den Maskenmännern zu tun?«

»Nicht viel. Eigentlich gar nichts – er war bloß

eifersüchtig. Er hatte das Handy seiner Freundin Bernadette ausspioniert und wusste daher, dass zwischen den beiden immer wieder etwas lief. Jedes Mal, wenn ShEG in Husum war, warf Bernadette sich ihm an den Hals. So hat er es jedenfalls empfunden. Als er mitbekam, dass es Hassgruppen im Internet gab, die ShEG schaden wollten, trat er denen bei. Und er war es auch, der diese Hater-Community mit der Information versorgte, dass ShEG wieder in Husum war – und auch in welcher Bar.«

»Unglaublich«, staunt Petersen, »am Ende geht es immer bloß um verletzte Gefühle.«

»In diesem Fall definitiv«, bestätigt Thomsen. »Und er hat es schlau angestellt. Er wusste, diese Typen würden Stunk machen, und genau das nutzte er für seine Zwecke aus. Er vermutete, dass ShEG flüchten würde, und zwar in Richtung seines Bootes, deshalb wartete er beim Hinterausgang des *Klabautermann*s. Als ShEG tatsächlich dort rausstürmte, folgte er ihm bis zum Bootssteg, der um diese Uhrzeit menschenleer war, und drosch mit voller Wucht auf ihn ein. Mit einem Schlagstock, den er extra dafür besorgt hatte, und den wir in seinem Wagen sicherstellen konnten.«

»Exzellent«, lobt Petersen.

»Dieses Lob gebührt Kommissarin Tades«, stellt Thomsen klar. »Sie hat sehr viel Einfühlungsvermögen bewiesen, als sie dem Täter gleich bei der Verhaftung ein Geständnis entlockte.«

»Oh ja, Rüde, das war eine tolle Leistung. Du hast ein großartiges Team – bloß eines ist mir noch nicht ganz klar: Warum hat Frank Westin das Opfer am Leben gelassen? Wenn dieser ShEG im Krankenhaus nicht gestorben wäre, hätte er ihn doch verraten, nicht wahr? Also warum ist er dieses Risiko eingegangen?«

»Nun, dieses Risiko ist er nicht freiwillig eingegangen, vielmehr war es so, dass Arthur dazwischen ging und ihn in den Hintern . . .«

»Moment . . . wer ist Arthur?« Petersen rückt seine Brille gerade und blättert irritiert durch die Akte. »Der ist mir noch nirgendwo untergekommen. Wurde der nicht einvernommen?«

Thomsen grinst nun von einem Ohr bis zum anderen.

»Nee, Görg, der spricht nicht mit uns. Aber wenn du ihn hinter den Ohren kraulst, legt er seinen Kopf in deinen Schoß.«

* * *

Mittlerweile haben sich viele Menschen auf dem Friedhof versammelt. Der Tag hat schon düster begonnen, aber die Dämmerung sorgt nun dafür, dass man kaum noch etwas erkennen kann. Außer den vielen brennenden Kerzen, die die Menschen mitgebracht haben, und so wirkt es, als ob der Sarg einen Lichterzug hinter sich herzieht.

Peet und sein Freund Martin sind ebenso dabei wie Umma und Knut. Letzterer hinkt bloß noch ein wenig und führt Arthur an der Leine, der ruhig und beinahe würdevoll mit erhobenem Kopf neben ihm hergeht.

Svenja und Sophie haben Bernadette in ihre Mitte genommen und versorgen sie abwechselnd mit

Taschentüchern.

»Ich kann nicht glauben, dass ich ihn nie wieder sehe«, schnieft sie todunglücklich und tupft sich die Wangen trocken. »Jedes Mal, wenn wir uns trennten, wusste ich doch, dass es ihn noch gab. Irgendwie waren wir immer verbunden. Denkt ihr, dass seine Seele mich ab und an besuchen kommt?«

»Nun, ich weiß nicht . . .«, beginnt Sophie.

»Ganz sicher«, unterbricht Svenja und nickt ihr aufmunternd zu. »Er hat jetzt viel Zeit, da oben.«

# Nachwort der Autorin

*Liebe Leserinnen und Leser,*

*an dieser Stelle möchte ich mich sehr herzlich für die Unterstützung bei meinen Freunden, Testlesern und Lektoren sowie den Experten der Kriminalistik und der Medizin bedanken – und natürlich bei Ihnen, liebe Leserinnen und Leser!*

*Ich freue mich, wenn* ***DIE KÜSTEN-KOMMISSARE*** *Ihnen ein paar spannende und unterhaltsame Stunden bescheren konnten.*

*Wenn es Ihnen gefallen hat, würde ich mich über eine Rezension bei Amazon sehr freuen. Ein großes* ***DANKE*** *all jenen, die sich kurz Zeit nehmen und ein paar Worte schreiben!*

***Für jene, die wissen wollen, wie es mit Thomsen, Meerkatz & Co weitergeht:*** *Spannend – so viel steht fest. Denn das nächste Buch kommt schon sehr bald!*

*Einfach* **Anne Amrum** *auf Amazon folgen und sofort über Neuerscheinungen informiert werden!*

*Anne Amrum, Januar 2023*

*Instagram: anneamrum*

*E-Mail: anne.amrum@gmx.de*

# Wie alles begann . . .

Der erste Fall der Küsten-Kommissare

## NORDSEE MORD von
## Anne Amrum

### TATORT NORDSEE

Die sechzehnjährige Inga wird tot im Husumer Watt aufgefunden. Die jugendliche Tote ist ein beliebtes Mädchen aus dem Ort. Ein tragischer Selbstmord, davon ist Hauptkommissar Rüdiger Thomsen überzeugt.

Doch seine neue Kollegin Sophie Meerkatz wittert ein Verbrechen und beginnt unangenehme Fragen zu stellen. Als kurz darauf die beste Freundin der Toten vermisst wird, gerät auch Thomsens Überzeugung ins Wanken. Denn die Mutter der Vermissten ist eine alte Vertraute . . .

Die Situation spitzt sich zu, als es in der Bevölkerung zu brodeln beginnt. Ein Sündenbock ist schnell gefunden. Doch liegt überhaupt ein Verbrechen vor und ist der Verdächtige auch tatsächlich der Schuldige? Und wo steckt das vermisste Mädchen?

**Im ersten Teil der spannenden Nordsee-Reihe prallen Welten aufeinander:**

**Emanzipierte Emsigkeit aus der Hauptstadt trifft auf die Gelassenheit des Nordens. Mit Engagement und Leidenschaft für ihren Job tritt Kommissarin Sophie Meerkatz gegen die Vorbehalte ihres neuen Chefs an und scheut auch nicht davor zurück, zu drastischen Maßnahmen zu greifen.**

Erhältlich auf AMAZON!

Printed in Poland
by Amazon Fulfillment
Poland Sp. z o.o., Wrocław

60061465R00122